LA COALITION

ET

LA FRANCE.

LA COALITION

ET

LA FRANCE.

« Les traités sont légitimes, lorsque les conditions
« en sont telles, que les deux peuples peuvent
« se conserver ; sans quoi celle des deux sociétés
« qui doit périr, privée de sa défense naturelle
« par la paix, la peut chercher dans la guerre. »

MONTESQUIEU.

PARIS,

DELAUNAY, LIBRAIRE, PALAIS-ROYAL.

FÉVRIER 1817.

ERRATA.

Avis au Relieur.

(Le placer au commencement du Volume.)

Page 35, ligne 14, britannique; *ajoutez :* c'est.
—— 49, —— 23, hôtel; *lisez* hôte.
—— 75, —— 10, coalition? *lis.* coalition, etc.
Idem, —— 14, stabilité.; *lis.* stabilité?

INTRODUCTION.

Nous n'écrivons pas sous l'influence de l'esprit de parti : tous les Français nous peuvent lire ; tous retrouveront leur âme dans nos sentimens, et leurs vœux dans nos pensées ; tous tressailliront d'entendre les accens d'une voix indépendante, d'une voix qui ne sera point méconnue : car, dans notre écrit, la France aura pensé tout haut.

Ce n'est pas que nous ayons tout dit, que notre cœur soit tout entier sous la plume ; il fallait laisser quelque chose à faire à la postérité.

Nous ménagerons le passé, pour moins condamner les hommes ; nous traiterons l'avenir sans égards, parce qu'alors nous n'aurons à condamner que les choses.

Et, si nous attaquons parfois aussi le présent, ce sera pour faire la guerre, guerre à outrance à cette désastreuse puérilité des factions qui vont aveuglément disputer, aux bords du précipice où court s'abîmer la patrie, les misérables hochets de l'intérêt et de l'orgueil.

Que signifie de combattre pour la possession d'un terrain qui vous échappe, d'un volcan qui peut demain vous engloutir, d'une France qui ne vous appartient déjà plus ?

Faudra-t-il imiter jusqu'au bout ces Grecs du Bas-Empire, ces hérétiers déchus du Peuple-Roi, qui, tributaires du Vandale et du Goth, n'ont l'œil qu'aux dissensions de l'Hippodrome, et oublient que du haut de leurs remparts ils voient flotter dans les plaines ravagées de la Thrace le pavillon de tous les Barbares *des quatre vents*.

Moins d'effroi pour les dangers intérieurs de la monarchie ! le péril est tout au dehors.

Craignez que trop de sécurité ne donne le change au Monde qui vous contemple, que trop de modération ne vous calomnie à ses yeux. Il vous accusera de confondre la résignation qui est le courage de l'adversité, avec l'insouciance qui est la lâcheté du malheur.

Si, comme la Castille, vous eussiez dû le retour de votre Alphonse le Philosophe aux armes libératrices de ce Miramolin de Grenade, qui, tout musulman qu'il était, eut assez de grandeur d'âme pour dire au monarque chrétien dont il venait relever le trône : *Je vous donne la droite, parce que vous êtes malheureux, et ne veux d'autre prix à mes efforts, que la gloire de venger la cause com-*

mune de tous les Rois, oh ! alors, grands et fiers aujourd'hui, vous oublieriez qu'il y ait une Europe, parce que vous ne voudriez plus peser sur elle, et que vous ne la sentiriez point peser sur vous.

Français ! vous ne pouvez pas l'oublier, cette Europe ! Vos lauriers et vos fers ne vous la doivent rappeler que trop.

La France est comme ces *Oasis* de la Haute-Egypte qu'environnent et menacent de toutes parts les sables du désert : la caravane, au lieu de se préparer à courir de nouveaux périls, s'y livre follement la guerre, ou ne songe qu'à donner des appuis solides à ses tentes d'un jour. Viendra bientôt le vent destructeur ; les sables se soulèveront ; le désert envahira l'Oasis ; l'ouragan dispersera les tentes à peine dressées ; et l'imprévoyante caravane sera engloutie sous la tempête.

Nous venons, il en est temps, dénoncer à

notre Roi des dangers, à notre patrie des désastres, au monde des révolutions.....

Heureux du moins, en faisant toucher du doigt, dans la première partie de ce livre, les blessures du corps politique, de pouvoir montrer, dans la seconde, le dictame salutaire que réclament tous ses maux !

Heureux surtout de n'avoir jamais, dans la tâche hasardeuse que nous nous sommes imposée, perdu de vue cette noble devise d'illustres chevaliers français : *Fais ce que dois; advienne que pourra !*

LA COALITION

ET

LA FRANCE.

PREMIÈRE PARTIE.

DE LA COALITION,

OU

LE MAL.

CHAPITRE PREMIER.

Du Traité de Paris, 20 *novembre* 1815.

La France avait, par l'usurpation du 20 mars, encouru la protection des puissances voisines.

Les Hauts Alliés, avant de paraître aux frontières, eurent soin de publier qu'ils consacraient leurs armes à la délivrance du peuple français. On les crut, et Paris ouvrit ses portes.

Vinrent aussitôt les grandes douleurs, quand

le masque tomba, et que les conquérans se montrèrent.

La France s'étonna d'abord d'entendre parler de traité à conclure avec des *libérateurs* qui n'avaient pas cessé d'être ses alliés, puisque son Roi avait, durant les cent jours, signé tous les actes diplomatiques du Congrès.

Et, lorsque le ministre vint annoncer à la tribune que, dans la *négociation la plus épineuse qui eût jamais exercé le zèle et éprouvé le dévouement des serviteurs d'un Roi malheureux, tous les moyens de discussion et de résistance avaient été inutilement épuisés* (1), la France comprit, en invoquant le Dieu vengeur, que ses ennemis avaient pu *la préserver* (2), pour l'accabler, à moins de frais et plus sûrement, sous le fardeau d'une paix hostile.

---

(1) Discours prononcé par S. Ex. M. le duc de Richelieu, président du Conseil des Ministres, à la Chambre des Députés, le 20 novembre 1815, en présentant le Traité de Paris, signé le même jour.

(2) Considérant du Traité.

CHAPITRE II.

Conditions du Traité.

Ayant *reconnu qu'une indemnité était due aux puissances, et qu'elle ne pouvait être ni toute territoriale, ni toute pécuniaire, sans porter atteinte à l'un ou l'autre des intérêts essentiels de la France, et qu'il serait plus convenable de combiner les deux modes, de manière à prévenir ces deux inconvéniens, LL. MM. II. et RR. adoptèrent cette base de leurs transactions.* (1)

En conséquence, sept cent millions furent exigés du peuple français, et bien que, *pour concourir autant que possible à tout ce qui devait* SATISFAIRE *S. M.* LE ROI DE FRANCE, ET SOULAGER SES SUJETS(2), *les puissances alliées*

(1) Considérant du Traité.

(2) Art. 11 de la Convention conclue en conformité de l'art. 5 du Traité.

eussent consenti à ce qu'il ne fût payé aucun intérêt, pendant le délai de cinq années ACCORDÉ pour le paiement (1), cette indemnité, jointe aux dépenses de l'armée étrangère (2), présenta un total de quinze cents millions.

Ajoutez les milliards dus en outre à l'Europe, pour lui rembourser toutes les cartouches de vingt-cinq ans de guerre, et tous les dommages de vingt-cinq ans de désastres. (3)

---

(1) Art. 7 de la Convention conclue en conformité de l'art. 4 du Traité.

(2) Le budget porte à 160 millions l'entretien annuel des cent cinquante mille hommes; c'est-à-dire, qu'il n'est pas un soldat allié qui ne coûte à la France plus qu'un officier français.

(3) Ceci est à la lettre, bien qu'on ne paraisse généralement croire l'Etat chargé que de l'indemnité des 700 millions. Afin de connaître toute l'énormité du faix, il faut lire les Conventions annexées au Traité principal; elles seront pour la postérité un monument curieux : rien de semblable ne se rencontre dans les annales de la diplomatie.

CHAPITRE III.

De la moralité de cet acte.

On ne saurait déterminer la moralité de cet acte, sans demander aux cabinets compte de leurs mystères; et il n'appartient qu'à Dieu d'interroger le cœur des Rois.

Nous n'aurons pas la témérité de dire que Buonaparte fut continué par les signataires de la Sainte-Alliance. Ce pacte apostolique, en plaçant tous les droits des peuples sous la sauve-garde de l'Evangile, a sans doute désarmé l'ambition, proscrit le génie des conquêtes, élevé la politique à ne plus être, suivant l'expression de Bossuet, que *la morale chrétienne appliquée au gouvernement des hommes*......

Qui oserait, dans les fastes du monde moral, placer aujourd'hui les Hauts Alliés plus bas que ce Tamerlan dont nous citons à regret le nom, parce que la civilisation et l'humanité s'en épouvantent encore ?

Il ne triompha de Bajazet que pour restituer l'Empire à la dynastie d'Othman. *Une âme royale*, disait le barbare, *sait conquérir des royaumes, et les rendre.*

CHAPITRE IV.

Objet patent *du Traité.*

Dans la crainte de mal interpréter les grandes vues des Hauts Alliés, nous ne demanderons qu'à leurs actes le secret des motifs qui ont commandé les stipulations de Paris.

Il suffira d'ouvrir le Traité, pour apprendre que, *sans de justes indemnités pour le passé, de solides garanties pour l'avenir, il était impossible d'atteindre le but de consolider par le maintien de l'autorité royale et la remise en vigueur de la Charte constitutionnelle l'ordre de choses heureusement rétabli en France, ainsi que celui de ramener entre la France et ses voisins ces rapports de confiance et de bienveillance réciproques que les funestes effets de la révolution et du système de conquêtes avaient troublés pendant si long-temps.* (1)

(1) Considérant du Traité.

C'est vers ce but que leurs efforts réunis ont été constamment dirigés; c'est leur désir sincère de maintenir et de consolider le résultat de ces efforts, qui a dicté toutes les stipulations du Traité. S. M. T. C. a dû reconnaître dans cet acte la sollicitude avec laquelle ils ont concerté les mesures les plus propres à éloigner tout ce qui pourrait compromettre à l'avenir le repos de la France...... (1)

Français ! passons outre ! ! !

---

(1) Note adressée par les ministres des quatre cours réunies à M. le duc de Richelieu, le 20 novembre 1815.

CHAPITRE V.

Résultat du Traité.

Le *vif intérêt que les puissances prennent à la satisfaction de S. M. T. C.; ainsi qu'à la tranquillité et à la prospérité de son Royaume* (1) imposa donc à la France une dette énorme.

Or, en épuisant toutes les ressources réelles et factices de l'Etat, le budget actuel des ministres assure à peine le service de 1817, et nous annonce un déficit inévitable de cinq cents millions.

Conséquence rigoureuse : il semble que l'Etat doive être au 1er janvier 1818, insolvable, et la Coalition, cette formidable créancière, aura encore à réclamer des milliards !

Qu'arrivera-t-il alors? Les Hauts Alliés ont

(1) Note adressée par les ministres des quatre cours réunies à M. le duc de Richelieu, le 20 novembre 1815.

agi, à la manière de nos ancêtres, en jetant le glaive dans la balance : imiterons-nous le peuple romain, qui, n'ayant plus assez d'or, s'écria qu'il fallait opposer le fer au fer?

CHAPITRE VI.

Où le précédent est justifié.

Ici nous prendrons un moment haleine, pour repousser des attaques dangereuses, mais prévues.

Nul doute que l'anathème ne soit lancé sur nous par tout ce qu'il y a d'oracles politiques en France qui *Philippisent.*

Contre le précédent chapitre vont se récrier d'abord les aveugles, qui, voulant, à tout prix, du repos, prolongent inconsidérément une sécurité funeste, et, chaque fois qu'on leur dénonce une catastrophe, vous répondent, comme le gouverneur de Thèbes : *A demain !*

Ils ne manqueront pas de dire, et certes, notre cœur souffrira de voir la faiblesse, l'irréflexion répéter, d'après eux, qu'en proclamant l'insolvabilité de la France, nous avons trahi la patrie, compromis le Roi, abjuré la religion des traités.

Comme si l'honneur et le patriotisme n'avaient pas toujours la même langue !

Comme si Louis XVIII était comptable à l'Europe de toutes les pensées, de tous les vœux de ses sujets !

Comme si le génie de la Coalition, ce génie aux cent yeux en même temps qu'aux cent bras, dont la politique suit pas à pas la France, qui veille incessamment sur elle, que vous verrez, plus tard, avoir prévu le cas de l'insolvabilité par un traité solennel, pouvait ignorer une vérité connue du dernier artisan de vos faubourgs, du plus obscur manœuvre de vos campagnes !

Non ! nous n'aurons dévoilé rien que les nobles sentimens de tous les cœurs français, rien trahi que le secret de nos forces, rien proclamé que la confiance de la nation dans sa fortune et dans son Roi.

Que l'on nous condamne donc ! Nous demanderons, pour toute grâce, la révision du jugement dans quinze mois, trop sûrs de gagner notre cause en dernier ressort, si nous portons appel au tribunal infaillible de l'expérience.

CHAPITRE VII.

Intentions des Hauts Alliés.

A L'AUTORITÉ de l'épreuve suppléent aisément les méditations de la prudence, quand surtout les documens du passé viennent à leur aide.

Il est facile de concevoir que la France, une fois épuisée d'or, les Hauts Alliés ne nous diront pas : « Appauvris par vingt-cinq « de guerre, ruinés par la paix que nous vous « avons dictée, respirez enfin ; cette fois, la ré- « conciliation ne vous sera pas onéreuse : nous « n'exigerons plus *des garanties à regret deman-* « *dées, parce que vous étant replacés sous le* « *gouvernement paternel de vos Rois, vous of-* « *frez ainsi à l'Europe un gage suffisant de* « *sécurité et de stabilité.* (1) »

On ne peut point nous tenir ce langage se-

(1) Considérant du Traité de Paris, 30 mai 1814.

courable : les motifs qui ont commandé les stipulations de Paris seront encore là, pour en maintenir la stricte exécution : ils parleront plus haut que la détresse du peuple français, plus haut que la générosité de ses *libérateurs!*

Les cabinets alliés, *en déclarant que leur objet a été de donner aux principes consacrés par les traités de Chaumont et de Vienne, l'application la plus analogue aux circonstances actuelles, et de lier les destinées de la France à l'intérêt de l'Europe* (1), se sont interdit la faiblesse d'accueillir des considérations étrangères à *leur sincère désir de consolider ce résultat vers lequel leurs efforts réunis ont été constamment dirigés.*

Peuvent-ils ne se pas croire *engagés à maintenir inviolables des arrangemens pris* (2) sous l'influence salutaire *des lois de la religion et de la nature.......*? (3)

Aussi, a-t-il été signé à Paris, entre les

---

(1) Note adressée par les ministres des quatre cours réunies, à M. le duc de Richelieu, le 20 novembre 1815.

(2) Traité conclu entre les quatre puissances, le 20 novembre 1815, art. 2.

(3) Article additionnel au Traité principal du 20 novembre.

chefs de la Coalition, un Traité qui vous défend jusqu'aux consolations de l'incertitude. Dans cet oracle funeste, il n'y a pas d'ambiguité : l'avenir s'y présente déjà tout sorti de l'urne.

Français, lisez-le; qu'il soit votre catéchisme politique; que vos enfans n'aient pas d'autre Abécédaire. Les Hollandais, après l'envahissement de Louis XIV, faisaient marcher de front, dans leurs écoles, l'Evangile de J. C., et les manifestes du conquérant.

Lisez-le donc, et voyez comme *LL. MM. l'empereur d'Autriche, le roi du royaume uni de la Grande-Bretagne et d'Irlande, le roi de Prusse et l'empereur de toutes les Russies, désirant de resserrer les liens qui les unissent pour l'intérêt commun de leurs peuples, ont résolu.... de fixer d'avance, par un traité solennel, les principes qu'elles se proposent de suivre pour garantir l'Europe des dangers qui pourront encore la menacer.*

Par l'article 1er, *les hautes parties contractantes se promettent* RÉCIPROQUEMENT *de maintenir dans sa force et vigueur le traité signé avec S. M. T. C., et de veiller à ce que les stipulations de ce traité, ainsi que celles des conventions qui s'y rapportent, soient* STRICTEMENT ET FIDÈLEMENT EXÉCUTÉES DANS TOUTE LEUR ÉTENDUE.

L'article 2 engage les souverains à *maintenir l'exclusion de Napoléon Buonaparte et de sa famille, à garantir la France contre les principes révolutionnaires qui pourraient la déchirer encore, à* VEILLER, *avec toutes leurs forces, à la tranquillité et* AUX INTÉRÊTS DE LEURS PEUPLES.

Suivant l'article 3, *en convenant avec S. M. T. C. de faire occuper, pendant un certain nombre d'années, par un corps de troupes alliées, une ligne de positions militaires en France, les Hautes Parties Contractantes* ONT EU EN VUE *d'assurer autant qu'il est en leur pouvoir, l'effet des stipulations des articles 1 et 2; et, constamment disposées à adopter toute mesure salutaire propre à assurer la tranquillité en Europe par le maintien de l'ordre établi en France, elles s'engagent, dans le cas où ledit corps d'armée fût attaqué ou menacé d'une attaque* DE LA PART DE LA FRANCE, *comme dans celui que les puissances fussent obligées de se* REMETTRE EN ÉTAT DE GUERRE CONTRE ELLE, *pour maintenir l'une ou l'autre des stipulations* (1), *ou pour assurer et soutenir* LES GRANDS INTÉRÊTS *auxquels elles se rapportent, à fournir, sans délai, en sus des forces qu'elles laissent en France, chacune son plein contingent de* 60,000 *hommes.*

D'après l'article 4, *si les forces, stipulées par l'article précédent, se trouvaient malheureusement insuffisantes, les Hautes Parties Contractantes se concerteront, sans perte de temps, sur le nombre additionnel des troupes que chacune fournira pour le soutien de la cause commune, et elles s'engagent à employer, en cas de besoin,* LA TOTALITÉ DE LEURS FORCES *pour conduire la guerre à une issue heureuse et prompte, se réservant d'arrêter entre elles, relativement à la paix*

---

(1) Rien ne peut mieux éclairer sur les secrets de la politique des Hauts Alliés, que le soin pris dans ce passage, d'assimiler le cas où une catastrophe révolutionnaire viendrait troubler la France, aux chances qui forceraient le Roi et son peuple de manquer à l'exécution de quelqu'un des articles du Traité.

qu'elles signeront d'un commun accord, des arrangemens propres à offrir à l'Europe UNE GARANTIE SUFFISANTE *contre le retour d'une calamité semblable.*

Par l'article 5, *les Hautes Parties Contractantes déclarent qu'après l'expiration de l'occupation temporaire, lesdits arrangemens n'en resteront pas moins dans toute leur force et vigueur...*

Enfin, l'article 6 vous apprend que, *pour assurer et faciliter l'exécution du présent traité, et consolider les rapports intimes qui unissent aujourd'hui les quatre souverains pour le bonheur du monde, les Hautes Parties Contractantes sont convenues de renouveler, à des époques déterminées, des réunions consacrées* AUX GRANDS INTÉRÊTS COMMUNS..... *etc.*

CHAPITRE VIII.

Où une objection est réfutée.

Ainsi, point de doute : ce que l'on veut, c'est l'accomplissement d'un traité qui ne peut pas être accompli ; ce que l'on nous présente, c'est l'appareil de *toutes les forces* du monde réunies, une troisième fois, pour venir prendre, au Louvre, des *mesures à jamais rassurantes....* Ce fut aussi la troisième invasion dont les pas terribles effacèrent la Pologne.

Et ne dites point que les parties contractantes ont eu seulement en vue les agitations factieuses qui pourraient mettre en péril le trône de saint Louis.

Dans l'article 3, on a eu soin de ne pas distinguer les obligations qui résultent pour les Hauts Alliés des deux articles précédens, et de dénoncer à l'*insolvabilité* les mêmes menaces qu'aux principes révolutionnaires dont l'action viendrait encore attenter à la *légitimité*.

Ainsi, quand le cas est prévu où la coalition

devra *se mettre en état de guerre contre la France,* c'est à dessein que la nation n'a pas été distinguée de ses Princes.

Il peut arriver qu'un publiciste, ignorant ou trompeur, ne confonde pas toujours ces élémens, désormais inséparables; mais ne reprochez jamais un pareil tort à des Rois : quel est le propriétaire qui déchire à plaisir ses titres ?

CHAPITRE IX.

Projet de partage.

Puisqu'il entre dans les vues des Hauts Alliés, sur la *tranquillité générale, objet des vœux de l'humanité, but constant de leurs efforts* (1), de mettre de nouveau le genre humain sous les armes, reste à découvrir vers quel résultat sera dirigée cette troisième croisade, dont nous savons déjà, aux termes de la Sainte Alliance, que les étendards auront, comme autrefois, pour devise, *Dieu le veut!*

Ici, pour prévoir, il suffira de réfléchir; pour prédire, d'oser.

Il suffira, pour démontrer le projet de partage, de mettre en regard les intérêts, les principes et la conduite de ce que quatre ministres appellent l'Europe (2), comme Buonaparte appelait son cabinet, la France.

(1) Considérant du Traité précité.

(2) Note précitée.

Devant, plus tard, mettre dans la balance de l'équilibre politique le poids des puissances secondaires, nous nous contenterons ici de dire que, si Buonaparte avait su qu'on ne violente pas impunément les petites souverainetés, les grandes seraient encore les suppliantes, les amies, ou les alliées du soldat usurpateur.

Nous ne parlons maintenant que des quatre cours de Vienne, Saint-Pétersbourg, Londres et Berlin, parce que *s'étant* seules *réunies pour assurer l'effet des engagemens pris avec S. M. T. C.*, elles semblent avoir seules la mission de *veiller à ce que les stipulations du traité conclu avec le Roi de France, ainsi que les conventions qui s'y rapportent, soient fidèlement et strictement exécutées.* (1)

---

(1) Traité précité au chapitre VII.

CHAPITRE X.

Intérêt de l'Etat maritime.

Deux grands pouvoirs existent en Europe : c'est-à-dire que deux intérêts la partagent : d'un côté est l'Etat maritime, de l'autre l'Etat continental.

L'Océan a éprouvé les mêmes vicissitudes que la terre ; destiné à tous les hommes, il devint d'abord le partage de quelques dominations ; mais du moins le genre humain put avouer les titres de propriété : ce fut l'industrie qui les donna.

Gênes et Venise n'étaient plus ; dépossédée peu à peu de leur antique héritage, l'Espagne dépérissait de jour en jour ; et, malgré les victoires de l'immortel Suffren, le pavillon français ne régnait plus sur les mers.

L'Angleterre resta donc seule maîtresse d'un champ de bataille, où la Hollande s'était effacée en paraissant à ses côtés, où le Danemarck et la Suède n'osaient pas prétendre à lutter contre elle.

Dès lors, la mer aussi devint un empire, et à ce titre eut des intérêts opposés aux intérêts du continent, dont elle n'aurait pas dû cesser d'être la dépendance.

Le gouvernement britannique fit de son existence un *cercle vicieux*; car il voulut que l'Angleterre ne pût pas être détruite, tant que l'Europe n'aura point de marine, et que l'Europe ne pût pas avoir de marine tant que l'Angleterre ne sera point détruite.

Il s'agit donc de découvrir qui peut aujourd'hui traverser les plans du cabinet de Saint-James, et lui inspirer des craintes.

Ce n'est pas l'Espagne, dont Ferdinand VII lui garantit l'inertie, le despotisme ayant toujours l'impuissance pour contemporaine; ni l'Autriche, bien que l'empereur ait, à la façon du doge, voulu épouser la mer.

Ce n'est pas non plus la Hollande, tant que Bruxelles lui répond d'Amsterdam ; ni la Suède, esclave obligée de la politique anglaise qui, auxiliaire de toutes les discordes, règne partout où la guerre civile est possible.

Ce n'est pas encore la Prusse, parce qu'on a eu soin de rendre Hambourg à la liberté; et que, pour ôter à Fréderic la pensée d'envahir le Danemarck, on sait lui présenter une autre proie.

Mais ce que l'Angleterre redoute, c'est l'industrieuse riveraine de la Méditerranée et de l'Océan, c'est la patrie des Duguay Trouin et des Jean-Bart, c'est la France, cette antique rivale dont le génie et la force survivent à tous les désastres, dont le nom pèse, comme un remords, à ses oppresseurs, dont l'existence irrite, comme une menace, l'ombrageuse ambition de ses ennemis.

Ce qui fait trembler l'empire britannique, la fortune de cette Russie, chantier immense, limitrophe de trois océans, et partout inaccessible; qui, ayant le golfe d'Archangel, la Baltique et le Pont-Euxin pour rades, peut à loisir y préparer la défaite de l'Angleterre, et l'esclavage du monde.

Le cabinet de Londres n'aura donc qu'un seul objet : empêcher la Russie de s'agrandir, et la France de renaître.

La Prusse et l'Autriche semblent, par la nature des choses, destinées à satisfaire ces deux grands intérêts; la Prusse et l'Autriche que la prudence finira par armer contre la Russie, que l'ambition, la crainte et la haine armeront toujours contre la France.

Ainsi, pour que Berlin et Vienne puissent préserver Londres, il faut que Paris tombe; il faut que l'Allemagne ne soit plus exposée aux envahissemens des Turenne et des Villars; que les deux monarchies germaniques s'agrandissent, jusqu'à ne plus s'effrayer de l'autre voisinage.

C'est à la France de payer le salut de sa rivale; la France dont le démembrement comblera tous les vœux du cabinet britannique : car l'Angleterre pourra coloniser nos ports, sans redouter les réclamations des puissances copartageantes; elle croira n'avoir plus à craindre les efforts d'une émule terrassée, et les deux adversaires, qu'elle oppose au géant du nord, seront de force à contester l'empire du continent, guerre sanglante et longue, qui seule garantit la paix à la monarchie des mers.

CHAPITRE XI.

Intérêt de l'Etat continental.

UN publiciste célèbre compare *l'union actuelle des potentats aux amitiés héroïques des demi-dieux.*

S'il nous était donné de croire que l'amitié seule eût serré les nœuds des Hauts Alliés, nous ne désespérerions pas.

Malheureusement aujourd'hui c'est l'*intérêt*, *ce monarque de la terre*, comme Montesquieu parle, qui les assujétit à la paix.

Ainsi que lors du partage de la Pologne, les puissances sont unanimes dans leurs plans; elles ont besoin d'une mutuelle assistance, et la politique *consolidera*, de jour en jour, *une intimité de rapports* réclamée par *les grands intérêts communs* (1).

N'allez pas vous flatter d'un chimérique es-

(1) Passages précités.

poir ; vous ne verrez point l'union des Hauts Alliés sérieusement troublée, tant que debout sera l'imposante monarchie des Lis : toutes les ambitions conspirent également à sa perte.

S'il est vrai que l'Angleterre veut le partage, il ne l'est pas moins que la Russie va y applaudir, pour arriver plutôt à la suprématie continentale que lui assure l'ineptie politique de l'Occident; la Prusse en triomphera, parce qu'elle tremble que, sous le drapeau de Fontenoi, les armées d'Jéna ne ressuscitent tôt ou tard, et n'aillent, terribles justicières, venger à Berlin les injures de Paris. L'Autriche aussi triomphera, heureuse de l'emporter enfin sur cette noble maison de France dont les efforts ont sauvé à l'Europe l'*Austriacorum Est Imperium Orbis Universi.* (1)

Tandis que la Russie bat de toutes parts l'Europe en brèche, que la tranchée est ouverte dans le nord par la Finlande, par la Valachie vers le midi, au centre par la Pologne, comment concevoir l'aveuglement des deux souverains, qui, au lieu de songer à se porter l'un

---

(1) Explication de l'*a*, *e*, *i*, *o*, *u*, orgueilleux symbole que Charles-Quint aimait tant à multiplier sur les lambris de ses palais.

sur la Duna, l'autre sur la mer Noire ; au lieu d'entraîner l'Europe en avant pour repousser avec toutes ses forces l'invasion de l'Asie, fuient devant le danger, et croient n'avoir rien à craindre, une fois adossés à la Moselle, ou appuyés sur les Alpes!

Disons-le, la politique des potentats marche en sens inverse de l'intérêt des peuples.

La Russie est une adroite ménagère qui a su s'établir à petit bruit; elle prête sa paix à usure; elle ne cherche pas à se payer encore des intérêts de son alliance, en s'appropriant le mobilier des couronnes voisines; elle se contente de forcer l'Autriche et la Prusse à déménager peu à peu vers l'ouest, jusqu'à ce que, laissant derrière elles leurs provinces, et emportant leurs monarchies, elles se trouvent acculées à l'Océan, sans défense et sans refuge.

Cernée de toutes parts, exposée aux premiers coups, l'Autriche voit peut-être le péril; mais au lieu de recourir à une sortie vigoureuse qui pourrait la sauver, elle aime mieux battre en retraite vers l'Italie, et camper tout à l'aise sur ses derrières.

Ce n'est point qu'elle ne s'attende à la grande lutte; mais elle recule le champ de bataille pour retarder le jour du combat; mais, afin de mieux soutenir le choc, elle cherche à s'agrandir de conquêtes, au lieu de se fortifier d'alliances.

Elle convoite l'Alsace, la Frauche-Comté de ses prédécesseurs, la Lorraine de ses pères, le Lyonnais, la Provence, le Dauphiné, anciennes mouvances du Saint-Empire.

Le jour où la religion des traités la forcera de marcher une troisième fois sur Paris, croyez-vous que *dans l'examen des mesures qui seront jugées les plus salutaires pour le repos et la prospérité de ses peuples* (1), elle ne croira pas indispensable de s'attribuer la possession de ces antiques fiefs ?

Si vous n'y prenez garde, le moment approche où le monde s'étonnera, une seconde fois, de voir frapper dans la capitale de l'empire *Apostolique*, des médailles consacrées à faire de l'oppression une sanglante ironie. L'Europe n'a pas oublié que, lorsque Stanislas fut contraint d'abdiquer ses provinces en faveur de l'usurpation, la cour de Vienne ne craignit

---

(1) Art. 6 du Traité conclu entre les cours de Vienne, Berlin, Saint-Pétersbourg et Londres.

pas de se déshonorer en répandant à son peuple des écus d'or dont l'effigie portait Joseph II et Marie-Thérèse; le revers, la Pologne humblement agenouillée devant la superbe Autriche, et l'exergue : *Antiqua jura vindicata!!!*

Et, comme il faudrait que la Prusse pût renouveler le scandale qu'elle donnait, à la même époque, de peupler ses états héréditaires de filles ravies en pays conquis, et d'enrichir de leurs dots les manants de ses campagnes (1), pourquoi la Prusse ne réclamerait-elle pas aussi d'*antiques droits*, *antiqua jura*? Pourquoi les deux puissances ne rejetteraient-elles point au delà des nouvelles frontières de l'une, et des anciennes limites de l'autre, les cent états de l'Allemagne et de l'Italie? La France recueillerait toutes ces souverainetés expatriées; la France se chargerait de tous les trônes fugitifs que les cours de Postdam et de

---

(1) 1774. Le roi de Prusse, en levant sur toutes les villes et villages de ses acquisitions en Pologne une *conscription* de filles nubiles, força les parens de leur donner en dot un lit de plume, une vache, trois cochons, trois ducats d'or, et quatre coussins!!!!!

Schœnbrunn auraient chassés vers elle ; la France les doterait de ses débris.

On a vu que, lorsque l'Europe nous aura écrasé de tout son poids, les quatre grandes puissances *arrêteront entre elles des arrangemens propres à offrir à l'Europe une garantie suffisante contre le retour d'une calamité semblable* (l'insolvabilité !)

Il est évident que c'est dans le partage qu'elles comptent trouver cette garantie, puisque, après les conditions désastreuses qui pèsent sur le Royaume, il faut, pour aggraver les maux d'un peuple, se résoudre à l'anéantir.

Enfin, nous avons vu que l'intérêt des quatre cours s'accorde à réclamer le démembrement, et dès lors plus de doute : car, aujourd'hui, les Aristide vous diront que tout projet *utile* est *juste*.

CHAPITRE XII.

Théorie des conquêtes.

C'EST un vieux système que de rançonner les peuples avant de les asservir. Celui qui se résigne à être tributaire, saura bientôt être esclave : il s'est habitué à se passer d'indépendance; il se passera tout aussi bien de patrie.

Buonaparte aurait subjugué l'Espagne, s'il n'avait pas voulu être neuf en matière de conquête; s'il avait, comme tous les autres accapareurs de trônes, ruiné d'abord par des taxes excessives les princes dont il conjurait la ruine, « nouveau genre de tyrannie qui les forçait » d'opprimer les sujets et de perdre leur » amour. » (1)

Quand on commence par humilier une nation à ses propres yeux, on l'a domtée : car elle aura dorénavant à combattre le sentiment de son infériorité; sur les champs de bataille, si elle osait y descendre, elle trouverait, non

(1) Montesquieu, *Gr. et Déc. des Rom.*

plus des adversaires, mais des maîtres, habituée qu'elle est à placer hors d'elle ses espérances, à voir s'appesantir sur sa tête un autre bras que celui de Dieu.

Mais, si l'on vient, comme Buonaparte, pour forcer un peuple de servir, lui dire, à la manière du Calife, en montrant son épée, *voilà ma race !* et en montrant ses soldats. *voilà mes titres !* on lui révèle à la fois tout son avenir, on l'attaque en même temps dans tout ce que les hommes ont de sensible, l'intérêt et l'orgueil, on lui apprend d'un seul mot qu'il faut tout sacrifier, tout perdre; alors, il s'étonne de la nouveauté de l'offre, il s'indigne de l'insolence du langage, il court aux armes, et triomphe à coup sûr, parce que c'est une nation aux prises avec une armée.

Mais, pour obtenir la paix et attendre de l'avenir des chances secourables, que Philippe consente à devenir l'allié des superbes dont il est le tributaire; qu'Antiochus abandonne ses conquêtes et rachète sa couronne à prix d'or; que Jugurtha licencie ses armées et se soumette à la rançon, bientôt la Macédoine sera subjuguée, l'Orient assujéti, Jugurtha traîné dans les cachots.

Et que la Tartarie, ce séminaire de conquérans, envoie ses barbares rendre à Rome guerre pour guerre, joug pour joug : ils usurperont tout d'abord la savante politique des Romains, ils forceront la ville éternelle, Reine dépossédée, à sacrifier ses trésors pour maintenir son indépendance; et quand elle se sera deux fois soumise à l'humiliation du tribut, Alaric ne craindra plus d'y planter ses étendards.

CHAPITRE XIII.

Application du précédent.

Bien des Français ont une foi politique, toute bonne de charité, toute heureuse d'espérance, imprudens passagers dont la candeur voit sans alarmes le gouvernail aux mains de leur ennemi.

Le soupçon ne peut pas altérer leur sécurité; les souvenirs même ne les épouvantent point; ils ont oublié que le projet de partage a toujours dirigé, depuis Edouard III, et Charles-Quint, les entreprises des Coalitions.

Ils ont imité la joie imprévoyante de ces Grecs qui, vaincus par Rome, et tout triomphans de devoir à ses armes la résurrection des anciennes lois du Péloponèse, mêlaient, dans l'exaltation de leur reconnaissance, les cris de *vivent les Romains!* aux cris de *vive la liberté!*...... Peu de temps s'écoula que la liberté n'était plus; mais les Romains restèrent.

On a paru recevoir, comme un bienfait

de la Coalition, ce qui n'était qu'une grâce de la providence. Dieu donne sans arrière-pensée : les hommes songent à acquérir le droit de reprendre.

Voilà ce qu'il ne fallait pas oublier, pour affranchir la nation d'une dette, et placer le trône bien loin de la portée des ambitions étrangères.

Aux clairvoyans, nous avons démontré l'intention, en démontrant l'intérêt; ils savent que la voix seule de l'intérêt sait aujourd'hui se faire entendre.

Pour les crédules, si nous n'en avons pas dit assez, nous invoquerons à l'appui de nos douloureux raisonnemens les principes manifestes de la politique européenne.

CHAPITRE XIV.

Principes de l'Angleterre.

L'ANGLETERRE n'a plus, comme au temps des Richard : *Dieu et mon droit!* pour devise : c'est aujourd'hui : *Diviser pour régner.*

Car elle a deux choses à craindre : l'union des peuples, puisque de la paix naît le commerce; au commerce il faut une marine, et, le continent une fois en mer, Buonaparte est réalisé; ou bien encore, la suprématie d'une puissance, s'il est vrai que Rome, victorieuse de ses voisins, eut tôt après des flottes et ne tarda point à menacer Carthage.

Voyez comme elle sait parer à tous ces dangers! qui, mieux que les Français, le pourrait savoir?

Qu'à la fin du dernier siècle, la Grande-Bretagne ne voie plus flotter sur l'Océan que le pavillon presque partout victorieux de Louis XVI, elle se hâtera d'appeler à son aide la révolution, dégoûtante auxiliaire qui la sert à souhait.

Que la paix règne sous les auspices du congrès de Vienne, et permette aux Rois de jeter des regards inquiets sur la domination des mers : l'île d'Elbe vient à propos au secours de la grande île. On calcule toutes les chances à l'aide de quelques chiffres ; on trouve Vaterloo pour résultat ; la gloire du général ne sera qu'une *addition* du ministre.

Rien n'est admirable comme la bonhomie d'un publiciste fameux qui s'étonne de l'inertie du cabinet de Londres durant les transactions de Vienne. Si le diplomate avait, au gré de l'écrivain, consacré l'influence de son gouvernement à faire compter dans le congrès la voix de la justice, il aurait sauvé l'univers et trahi sa patrie.

L'Angleterre, sanglante Euménide, ne vit que des larmes du monde ; elle sait consacrer tous les peuples à son culte, comme sacrificateurs ou comme victimes.

Ayant, durant les cent jours, écrit de l'hôtel des Tuileries tout ce que l'on dit à présent du banni de Sainte-Hélène, nous pensons avoir acquis le droit de rendre à Buonaparte un hommage. Il est le premier homme d'Etat qui ait bien compris l'empire Britannique, et tôt ou tard l'Europe reprendra son ouvrage. Mais l'esprit de la Sainte Alliance nous autorise à croire que le nouveau chef du système continental attendra de la persuasion un concours de volontés, que l'usurpateur prétendait obtenir de la force.

CHAPITRE XV.

Principes de l'Autriche, la Prusse et la Russie.

CETTE Sainte Alliance n'existait pas encore, lorsque J.-J. Rousseau disait, il y a quarante ans : *Ne comptez pas les traités pour quelque chose : tout cela ne sert de rien avec les puissances chrétiennes : elles ne connaissent d'autres liens que ceux de leur intérêt; quand elles le trouveront à remplir leurs engagemens, elles les rempliront; quand elles le trouveront à les rompre, elles les rompront : autant vaudrait n'en point prendre.* (1)

Le juge sévère avait long-temps médité la Prusse, l'Autriche et la Russie.

Il les avait vues envahir, à main-armée, la Pologne, sous le prétexte de calmer les orages révolutionnaires et attenter à la majesté d'un peuple libre, en effaçant avec la pointe de

(1) *Considérations sur la Pologne.* Conclusion.

l'épée les articles de sa constitution, en le forçant de recueillir, au sein de ses assemblées délibérantes, le vote des baïonnettes étrangères.

Il les avait vues, peu après(1), au mépris de tout ce que peut avoir de sacré le droit public des nations, arracher de la chaire curule et traîner dans les cachots les ministres d'un Roi leur allié, ou plutôt leur ouvrage, enlever d'assaut les places fortes d'un peuple ami, porter la dévastation dans ses campagnes, le pillage dans ses villes, l'effroi dans sa capitale, la guerre enfin au sein même de sa paix.

Il les avait vues, plus tard, travailler cette déplorable Pologne par des manœuvres perfides, armer l'opinion publique contre un monarque dont elles réclamaient naguère l'élévation sous peine de conquête; le punir par des vexations nouvelles de chacune de ses vertus, d'un acte de souveraineté comme d'un crime envers ses oppresseurs, d'un acte de royauté comme d'un crime envers ses peuples; le réduire à écraser ses sujets d'impôts, parce que l'insubordination et la misère marcheront

(1) 1767.

toujours de compagnie; enfin attiser le feu des guerres civiles, en exhortant, dans un manifeste public, *les citoyens à se prémunir contre l'esprit de domination qui dirigeait*, à les entendre, *les démarches du Prince et de sa famille*. (1)

Il avait prévu qu'elles ne tarderaient pas à consommer le meurtre politique, à se partager les membres sanglans de la Pologne, à donner le spectacle, inconnu jusqu'alors dans notre vieille Europe, de Rois assez audacieux pour réduire un roi à l'esclavage et un peuple au néant.

Grande leçon donnée aux nations à venir! A peine des traités solennels présentent à la Pologne les cours de Prusse, de Russie et

---

(1) « On lui faisait un crime de quelques mouvemens « impuissans en faveur d'une nation qui, par obéissance, « se l'était donné pour maître. L'intention n'était cependant pas de le renverser d'un trône sur lequel on venait de le placer (on voulait l'y maintenir pour mieux « arriver à ses fins), mais seulement le dégrader aux yeux « de ses compatriotes, et ne le conserver en place que « comme un instrument utile à tout ce qui s'opéra dans « la suite »

PEYSSONNEL (1789).

d'Autriche, comme les garantes de son indépendance, qu'elle expire sous leurs coups, après avoir donné des suzerains à la Prusse, des czars à la Russie, des libérateurs à l'Autriche !

Etrange destinée des deux Stanislas : le premier, qui tombe deux fois du trône dans l'exil, puni d'avoir supposé que la force fait le droit ; le second qui meurt à Saint-Pétersbourg, expiant dans les fers son imprudente obstination à croire que le droit fait la force !

CHAPITRE XVI.

*Un mot d'*Attila.

Le précédent chapitre n'a pas besoin de commentaire; tous nos lecteurs ont vu ce qu'avait vu Jean-Jacques.

Où donc est votre espérance, augustes petits-fils d'Henri IV, ce grand Roi qui eut moins à reconquérir son trône sur la Ligue rebelle, que sur les ambitions étrangères ?

Vous fiez-vous à la justice de votre cause ? Mais des mains accoutumées à dépouiller de tous ses fleurons la couronne de saint Louis, la respecteront-elles davantage, quand l'*intérêt des peuples* (1) leur commandera de la briser ?

Vous fiez-vous à l'antiquité de votre race, à la suprématie de votre noblesse? Attila avait l'habitude de dire : *Théodose est fils d'un père*

(1) Voyez le traité du chapitre VII.

très-noble; mais en me payant le tribut... Nous n'acheverons pas de transcrire le blasphème.

La justice n'étant que la raison pratiquée, les conquérans, qui ne peuvent pas être logiciens, se font *sophistes!*

CHAPITRE XVII.

Activité du Système co-partageant.

Qui pourrait penser qu'avec les auteurs du premier partage, le grand système co-partageant eût cessé de régner en Europe ? Il la travaille depuis cinquante ans : c'était une trop précieuse découverte pour ne pas être transmise en héritage.

Aussi voyez comme, fidèles à l'exemple, les fils de Catherine, de Frédéric et de Joseph II, se sont attribué l'arbitrage du genre humain, la suzeraineté du monde !

Le congrès est devenu un marché diplomatique où les provinces ont été mises à l'enchère, les dynasties échangées, les nations vendues !

Comment douter que Dieu n'ait établi sur les peuples et les rois les quatre potentats dont la signature a suffi pour naturaliser Genève en Suisse, la Belgique en Hollande, Gênes en Piémont, la Saxe, le Rhin et la Moselle en Prusse, la Norwège en Suède, l'Itatalie et Venise en Autriche, l'Etat septinsulaire dans l'Empire britannique, et la république de Pologne dans celui du Czar Autocrateur?

CHAPITRE XVIII.

Effets du système co-partageant.

Le congrès de Vienne est l'époque la plus notable de l'histoire : il n'en est pas qui, dans l'ordre des choses, fut, s'il est permis de parler ainsi, plus remplie d'avenir.

Déjà l'opinion publique, cette *Reine du monde*, qui seule peut ici-bas traiter avec la force de couronne à couronne, a préparé les arrêts malheureusement tardifs de la postérité ; mais la postérité sera plus sévère que nous, parce qu'à son tribunal les résultats parleront.

Elle ne se contentera point de demander compte de tout ce qui a été fait ; juge inexorable, elle a coutume de punir sur la mémoire des princes tout le bien qu'ils auraient pu faire ; elle châtie leurs cendres de tous les vœux qu'ils ont repoussés, de toutes les espérances qu'ils ont trompées, de tous les pleurs que l'humanité doit verser après eux, de tout le sang que coûtent à la fin les scandales politiques dont ils affligent le monde.

Quand Buonaparte tomba du faîte de sa toute-puissance, la terre, délivrée d'un lourd fardeau, respira : elle croyait le génie de l'oppression anéanti, l'équité rétablie dans ses droits.

Si son attente n'était pas remplie, que devait-il arriver? Que vous accompliriez incontinent la prophétie de celui qui voyait, dès le milieu du dernier siècle, *tous les gouvernemens courir à leur ruine, tomber en décrépitude, menacer d'une mort prochaine* (1).

Un ministre illustre a eu raison de dire à la tribune, dans le même sens, que *la violation de toutes les règles morales de la politique est comme inhérente au principe même des révolutions* (2).

Car le temps n'est plus où, les mains dégoûtantes d'un assassinat, un Roi n'avait besoin que de lever la visière de son heaume,

(1) J.-J. Rousseau, *Cons. sur la Pologne*, p. 1.

(2) Discours prononcé par M. le duc de Richelieu, président du Conseil des Ministres, aux deux Chambres, le 25 novembre 1815.

pour imposer à la multitude révoltée le silence et le respect (1).

Aujourd'hui, plus que jamais, il est dans l'homme de ne se soumettre qu'à l'ascendant de la justice, ou qu'à l'autorité de la force.

Et s'il arrive que, marchant à la tête des nations, vous ne soyez pas justes, vous cesserez aussitôt d'être forts.

Quand la victoire rétablit les dynasties, filles des siècles, et détrôna les dynasties, filles de la violence, au milieu de toutes ces majestés errantes, prisonnières, ou fusillées, la royauté devait perdre son empire, si l'équité ne lui ralliait l'antique respect des peuples, si les vainqueurs, chevaliers félons de l'Europe suppliante, ne consacraient leurs armes intéressées qu'à river ses fers.

Nous le demanderons : que gagnerait le genre humain, si les triomphateurs nouveaux oubliaient, comme leur terrible devancier, que, pour monter au Capitole, on ne cesse pas d'être homme ?

Or, voyez notre Europe! Une moitié écrase

---

(2) 1 355.

l'autre de tout son poids, et les nations conquérantes sont aussi malheureuses que les nations assujetties. La Russie n'a point vaincu; l'Allemagne n'a pas secoué le joug; seulement des débris d'un trône, quelques trônes se sont accrus, et, en s'agrandissant, ils se sont appesantis......

Aussi, nous ne craignons pas de le dire, sûrs, trop sûrs de ne pas être démentis par l'avenir, il est temps que la royauté prévoie et s'arme, car déjà la révolution met le pied à l'étrier : sanglante Amazone qu'il est possible encore de prévenir, mais que, plus tard, il sera difficile de vaincre.

CHAPITRE XIX.

Conclusion de cette première partie.

Ce qui semblerait devoir sauver la monarchie, la perd : les Hauts Alliés veulent occuper leurs peuples pour les distraire, et comme ils voient le remède dans le mal, par le développement de la force, ils hâteront le péril pour l'éviter.

C'est ainsi qu'un puissant prince, dont la chute va tout à l'heure prêter à nos raisonnemens l'autorité d'un grand exemple, pense étourdir ses peuples sur leurs intérêts les plus chers par le bruit d'une invasion nouvelle.

Tristes calculs ! Si la France envahie succombait, si les projets de partage, tant de fois conçus, s'exécutaient enfin, *bientôt*, ainsi que nous le disions ailleurs, au moment où les stipulations de Paris étaient imposées au Roi, *bientôt un coup de cloche suffirait, comme autrefois en Italie, pour proclamer la délivrance du royaume*, et, du sein de la terrible lutte d'un peuple libre contre des Rois oppresseurs, naîtrait une manière d'anarchie européenne qui, sous les ruines de l'ordre social, étoufferait peut-être la civilisation, et sans doute avec elle l'antique royauté.

FIN DE LA PREMIÈRE PARTIE.

LA COALITION

ET

LA FRANCE.

SECONDE PARTIE.

DE LA FRANCE,

OU

LE REMÈDE.

CHAPITRE PREMIER.

Vues générales.

Si la fortune se prêtait aux complots de la Coalition, si le beau nom de France devait se perdre pour nos neveux ; si, déshérités de l'indépendance de nos pères, nous étions destinés à chercher inutilement une patrie dans le sein de la terre natale, au lieu de pleurer sur le tombeau de nos aïeux, il faudrait, comme ces peuples du Caucase, prendre le deuil à la naissance de nos fils.

Mais les menaces de l'avenir n'épouvanteront point les cœurs français. Les hommes savent aujourd'hui qu'il n'y a pas de domination illégitime qui soit indestructible : la victoire n'a plus de chaînes assez pesantes pour opprimer long-temps les peuples.

Impérissable est cette robuste Monarchie des Lis, la fille aînée du Monde chrétien, qui, depuis quatorze siècles, voit tomber à ses côtés ou naître les Empires, seule, inébranlable au milieu des bouleversemens de l'univers politique, et réservée à prendre toujours de la force dans les épreuves, de la gloire dans les adversités, de la stabilité dans les révolutions.

Immortelle est cette vieille France, qui, sans cesse à la tête du genre humain, donna des modèles à tous les héroïsmes, des maîtres à tous les arts, des vainqueurs à tous les peuples, des Rois à tous les trônes (1).

---

(1) Le Saint-Empire, l'Empire Grec, l'Empire de Trébizonde, l'Allemagne, la Bavière, l'Italie, la Hon-

Sous le joug, elle ne passera point cette terre des Turenne et des Condé, où tout est soldat quand les Rois s'écrient : *Qui aime son pays me suive!* Où tout est invincible quand les La Trémouille ont dit : *Enfans* ! *Louis vous voit !*

Où le paysan vendéen, sommé par le vainqueur de se rendre, meurt en répondant : *Rendez-moi mes Princes* !

Où Kléber peut dire à ses officiers : *Faites-vous tuer là !* sûr qu'ils lui répliqueront tous : *Oui, Général !*

Où les pères, à la nouvelle que leur fils est mort pour son pays et pour son Roi, lui envient, comme le maréchal de Châtillon, *le bonheur d'avoir péri pour une si belle cause* ;

Où l'orgueil du patriotisme est si ardent, la haine des dominations étrangères si profonde, que, lors de l'invasion mortelle, les femmes, ainsi qu'autrefois, demanderaient à leurs époux de les *tuer toutes plutôt que de les exposer aux opprobres de l'esclavage.*

On ne subjugue pas un Empire dont on a

---

grie, Chypre, Jérusalem, Antioche, les Deux-Siciles, l'Angleterre, l'Espagne, le Portugal, la Pologne, la Suède, etc.

vu les provinces, durant trois mois, couvertes contre l'envahissement d'un million de coalisés, par soixante mille défenseurs que leur seul héroïsme suffisait à multiplier sous le choc.

On ne détruit pas un peuple où se peuvent, en quarante jours, créer des armées qui, trahies par les élémens, livrées par les défections de la reconnaissance, destituées d'appuis, écrasées sous le nombre, savent, à force de merveilles d'armes, contraindre encore la victoire de rester, chose inouie! fidèle à leurs drapeaux plus long-temps que la fortune.

Et, si des chances inespérées vous permettent d'asseoir votre tente sur une pareille terre, songez-y bien, qu'il n'est pas prouvé encore que Victor Amédée ait eu tort de dire : *Rien de si facile que d'entrer en France; rien de si impossible que d'en sortir.*

CHAPITRE II.

Conditions du salut de la France.

Après la désastreuse journée de Crécy, tout sembla perdu; mais le monarque sentit que, malgré ses fautes, malgré ses malheurs, lui seul était toujours *la fortune de la France*, et la monarchie fut sauvée.

Les mêmes calamités ont amené les mêmes périls. La nation est menacée, comme alors; comme alors, le trône l'est avec elle.

Mais les héritiers de Philippe de Valois sont au milieu de nous; la noble tâche des Bourbons sera remplie.

Ils tenteront le salut public, sous peine d'exil (1), et la France les secondera, sous peine de mort.

Les ressources ne manqueront point, quand une volonté ferme les mettra courageusement en œuvre.

(1) La première partie explique notre pensée.

On a pu ravager nos campagnes, détruire nos places fortes, briser nos armes; mais la patrie des Catinat et des Vauban nous est restée, mais on nous a laissé notre sol, nos bras, nos âmes; et, loin de rien ôter à nos forces, on nous a faits plus terribles de tout ce qu'il y a de violent dans l'exaltation de la fierté blessée, et tout à l'heure dans l'érétisme du désespoir.

Il est donc, après nous avoir deux fois inutilement réconciliés avec la coalition, facile de nous réconcilier avec la fortune.

Pour cela trois choses: confiance, énergie, habileté!

CHAPITRE III.

Que la Confiance est nécessaire.

On a essayé d'établir, entre le trône qui doit protéger la nation, et la nation qui doit défendre le trône, une milice, toujours sous les armes, d'ombrages, de soupçons, de méfiances.

La timidité a dit au Louvre : « Dépravés par « vingt-cinq ans de brigandages, vos sujets « n'aspirent qu'à de nouveaux bouleversemens: « vous n'avez d'autre appui que les baïonnettes « étrangères : qu'elles se retirent, le 20 mars « se renouvelle: la France n'est pas digne des « Bourbons ! »

La malveillance a, dans les salons, doucement insinué, mais crié dans les carrefours : « Éloignés de vous pendant un quart de siècle, « vos Princes ont contracté l'habitude de vous « craindre; ils voient en vous des ennemis, et « *l'armée d'occupation* est l'ignominieuse sen-

« tinelle qui veille à leur garde : les Bourbons
« ne sont pas dignes de la France. »

Calomnie, calomnie, également criminelle de part et d'autre ! la France a constamment désavoué la révolution : elle n'en reconnaît que la gloire de ses armées, et la Charte de son Roi.

Et les Bourbons, sachant que l'Europe conspire contre la monarchie, *aimeront mieux*, comme Louis XIV, *faire la guerre à leurs ennemis qu'à leurs enfans.*

Ne sont-ils pas les petits-fils de ce grand Roi qui, au moment où la Ligue respirait encore, moins effrayé des menaces de la rébellion, que de l'appareil des ambitions étrangères, disait à nos aïeux : « J'aspire au glorieux titre « de libérateur et de restaurateur de la France; « déjà je l'ai tirée de la servitude et de la ruine, « maintenant je désire la remettre en sa pre- « mière force et en son ancienne splendeur. « Participez, mes sujets, à cette seconde gloire, « comme vous avez participé à la première.

« Je veux, ajoutait-il, recevoir vos conseils, « les croire, les suivre, en un mot *me mettre « en tutelle entre vos mains.* C'est une envie qui « ne prend guère aux Rois, aux barbes grises, « aux victorieux comme moi; mais l'amour

« que je porte à mes sujets et le désir de con-
« server mon état, me font trouver tout facile
« et honorable. »

Lorsque Henri IV se livrait ainsi, le dehors était moins formidable qu'aujourd'hui, le dedans plus orageux.

Car il ne s'agit plus de savoir si certains hommes seront soutenus, certains vœux accomplis, certains plans adoptés; mais bien si la patrie sera sauvée, la patrie telle que la conçoivent tous les esprits, que la sentent tous les cœurs, sans en excepter le Roi, au gré de quelques aveugles, ni le peuple, au gré de quelques téméraires; la patrie telle que la voyait le Père de Rome, quand il a dit : *Patria omnes omnium caritates amplectitur!*

Or, comment venir à bout de la tourmente, si le pilote laissait éclater la tempête sans oser appeler l'équipage à la manœuvre?

CHAPITRE IV.

Que la Confiance n'est point hasardeuse.

L'INTÉRÊT est la pierre de touche des actions humaines : la confiance devra donc être entière, si l'intérêt commun est là pour répondre de la fidélité de tous.

Le repos est le *besoin privé* de tous les citoyens, et ils ne le trouvent que dans la stabilité des institutions, première pierre sur laquelle va s'asseoir tout l'édifice social.

La défense est le *besoin public* de tous les Français, et ils savent que l'union seule fait la force : divisés pour la liberté, nous vous répondons de leur accord pour l'indépendance.

Non, la monarchie n'a pas de dangers intérieurs à craindre : au milieu des discordes dont cherchent à s'armer des ambitions privées, il y a unanimité dans le vœu de maintenir tout ce que le passé nous a transmis, tout ce que le présent consacre.

Montesquieu l'a dit : *Ce qu'on appelle union*

dans le corps politique est une chose très-équivoque; la vraie est une union d'harmonie qui fait que toutes les parties, quelque opposées qu'elles nous paraissent, concourent au bien général de la société, comme les dissonnances dans la musique concourent à l'accord total. (1)

Pourquoi donc s'effrayer de vains fantômes, quand cette vérité n'est plus contestée que pour ôter tout prétexte aux attentats de la Coalition? Pour rendre possible la résistance, chacun doit fortifier de son dévouement un trône que les Hauts Alliés proclamaient naguère *gage suffisant de sécurité et de stabilité.*

---

(1) *Grand. et Déc. des Rom.*, ch. 9.

CHAPITRE V.

Suite du précédent.

Malheur à la France, si vous prêtiez l'oreille aux pusillanimes qui s'effrayant toujours de la force, quelle que soit son attitude, prennent pour du jacobinisme la conscience de la dignité nationale, et arrivent à calomnier l'opinion publique, parce qu'elle les réprouve !

Par un étrange renversement d'idées, ils vont imputant à crime au peuple français, appelant révolutionnaire, cet esprit de patriotisme qui vit dans la monarchie et la soutient depuis des siècles, cette fierté de l'indépendance qui est le plus bel héritage de nos aïeux, cette impatience de l'humiliation qui suscitait, après les infortunes de Philippe de Valois, les prospérités de Charles-le-Sage, les triomphes de Charles VII, après les désastres de son prédécesseur, et la victoire de Denain, après les alarmes de Louis XIV !

Quelques-uns vont plus loin encore ; ils

semblent avoir pris à tâche de faire haïr aujourd'hui la génération nouvelle qui va régner demain;

Oubliant qu'elle ne soupirerait pas au souvenir des grandes journées, si elle n'avait pas vu deux fois triompher dans les murs de Paris l'arrogance des vaincus de la Talavera, d'Austerlitz et de Friedland.

Gardez-vous de croire que la jeunesse française regrette des couleurs, des enseignes, un homme! Non; mais elle a vu la France reine parmi les nations: elle la voit leur esclave, entend leurs menaces, et s'indigne; elle brûle de rendre l'honneur national digne du drapeau sans tâche.

Imprudens et inutiles furent les efforts que l'on a tentés pour amortir les courages! L'humeur guerrière est l'éternel apanage du royaume des Francs: elle en est aujourd'hui la seule richesse, la dernière ressource.

La preuve que la révolution n'a pas, autant qu'on affecte de le croire, dépravé les *vieilles mœurs*, c'est qu'elle a respecté les *vieilles* inclinations, c'est que dans les écoles survit le caractère national du *vieux temps*.

Le despotisme de Buonaparte aurait pu finir

par extirper des cœurs l'esprit militaire; mais vous, vous l'essaieriez en vain: c'était un moyen d'oppression; c'est aujourd'hui un moyen de délivrance.

Le peuple français est désanchanté des ruineuses illusions de la victoire : quoiqu'il lui restât bien encore de quoi combattre et vaincre, il ne veut plus régner chez les autres; il sait trop combien l'oppression coûte tôt ou tard aux oppresseurs......

Mais il prétend maintenir son indépendance; il sent le coup suprême qu'on lui prépare; il se croit la force de le parer, et s'étonne de ne voir tremper ni le bouclier ni l'épée.

Il consent à livrer tout son or, il se soumet à la misère, il se résigne à la scrupuleuse observation des traités.

Mais lorsque, ne pouvant plus offrir les fruits de ses champs, la laine de ses troupeaux, la sueur de son front, il sera sommé par la puissante usurière de s'abandonner lui-même et de recevoir des chaînes, il veut pouvoir alors combattre pour son indépendance, et avoir du moins la consolation de vendre chèrement sa vie.

CHAPITRE VI.

Qu'il faut s'incorporer à l'opinion publique.

M. Fiévée a eu raison de définir la royauté *l'expression de la volonté générale.*

Contrarier l'opinion publique, est donc, dans tous les temps, *un crime ;* ici, pour emprunter les termes d'un homme d'Etat illustre : *Ce serait pis encore, ce serait une faute.*

Le premier intérêt de la France est de remonter au rang d'état libre : c'est aussi le premier intérêt du trône que la Coalition affronte de toutes parts.

Si les Princes avaient pu écouter le conseil de s'isoler de la nation, la ruine de leur glorieuse race devenait inévitable ; mais la patrie aurait survécu à ses calamités nouvelles, parce que les dynasties passent, et que les peuples restent.

Les Bourbons savent que leur place est à la

tête de l'opinion publique, et là, là seulement, ils seront invulnérables, puisque, pour arriver jusqu'à eux, il faudra traverser l'indestructible rempart de trente millions d'hommes.

CHAPITRE VII.

Moyen d'étouffer les discordes.

Le spectacle des divisions intestines ne vous arrêtera point.

Faiblesse que de s'occuper des partis! faiblesse que de vouloir tour-à-tour les séduire par des concessions, et les abattre par des coups d'Etat!

Les caresser, c'est les enhardir; les frapper, c'est les prévenir qu'on a sur eux l'œil, et, la plupart du temps, ils ressemblent à ces gladiateurs qui se déchirent tandis qu'on les regarde, et s'embrasseraient s'ils ne faisaient point spectacle.

Les factions ont beau paraître discordantes, il y a toujours quelque point de contact entre elles; un intérêt général les rapproche, en en même temps qu'un intérêt particulier les divise.

Le grand art est donc de s'emparer à propos de tout ce qu'il y a de commun dans les affections et dans les haines, dans les besoins et dans les vœux, de créer un esprit de *nationalité* devant qui l'esprit de parti s'efface, d'ouvrir à la turbulence une plus vaste arène, où, marchant à la tête de toutes les passions, vous les entraînerez sans résistance vers le nouveau but que votre politique leur saura donner.

Quand Buonaparte saisit les rènes, il avait tout à craindre, et les sectateurs de la liberté républicaine, dont son apostasie allait renverser l'idole, et les amis du système monarchique, dont son ambition venait tromper les vœux.

Dans ce double péril, il se mit à crier bien haut : *La descente* ! Tout le monde regarda l'Angleterre; on ne s'occupa plus de lui; la France ne songea pas à défendre ses droits : le Consul régna.

Ce fut constamment sa maxime de ne jamais laisser du relâche à l'inquiétude de ses sujets : la guerre pouvait seule pacifier son empire.

Ce doit être encore la maxime de nos Princes : l'esprit belliqueux n'est pas révolutionnaire, mais il le devient à la longue.

Quand la politique erronée des derniers temps de la monarchie vint, après les grands jours du siècle de Louis XIV, éloigner la France de la scène des affaires européennes, tous les esprits s'agitèrent à l'intérieur; au lieu de combattre, on disputa; au lieu des Catinat et des Villars, on eut des Voltaire et des Rousseau; au lieu de vaincre l'Angleterre ou l'Allemagne, on voulut triompher des abus, des résistances, de la royauté : le trône n'était déjà plus.

Loin donc de nous séquestrer de l'Europe, il faut nous ramener au milieu d'elle; loin de distraire l'opinion publique des douleurs nationales, il faut en substituer le ressentiment à l'exaspération des souffrances domestiques.

Loin de taire les grands dangers de la patrie, ne craignez pas de nous en entretenir sans cesse, de nous révéler sans détour l'avenir qu'on nous prépare, et surtout ne permettez point à un zèle inconsidéré de calomnier l'impatience généreuse de la jeunesse française: il faut exalter en elle, propager dans toutes les conditions, chez tous les âges, cette haine des dominations étrangères qui est aujourd'hui notre seule sauvegarde.

CHAPITRE VIII.

Du Système de nationalité.

Ce que nous appelons esprit de *nationalité* est, dans le peuple, l'intérêt de la patrie mis à la place de l'intérêt des factions, l'égoïsme de tous substitué à l'égoïsme de chacun.

C'est, plus haut, le dévouement qui élève la politique au-dessus des considérations privées, la confiance qui dissipe les ombrages et repousse les soupçons, le patriotisme, qui ferait oublier les périls du trône, si le trône était en péril, pour consacrer les plus nobles tentatives au salut de la monarchie, trop réellement menacée de toutes parts.

Rien donc ne doit annoncer d'autres craintes que celles dont l'attitude de l'Europe impose la loi; d'autres attachemens que ceux de citoyens à l'Etat, de pères à la famille; d'autre parti que celui de cette France de vos aïeux, qu'il faut croire innocente de tous les attentats dont elle fut témoin et victime, qui, des bras sanglans de la révolution, aspira toujours à se rejeter dans les vôtres, bien sûre que les petits-fils d'Henri IV adopteraient sans réserve toutes ses adversités.

Ainsi, fut-il grand et sage d'interrompre les fêtes nuptiales, au jour anniversaire des funérailles de Vaterloo (1). Il convenait à la majesté du Roi de France de porter le deuil de ses enfans coupables, quand Londres et Berlin semblaient, par leurs joies hostiles, prendre à tâche de les justifier.

Ainsi, peut-être eût-il été plus expédient de ne pas affliger les cœurs français du spectacle des milices étrangères dont la fidélité, la bravoure et le dévouement donnent à regretter davantage que leur patriotisme ne soit pas indigène, et n'empêcheront pas de les voir avec peine répondre désormais de la sûreté du trône à ceux qui sont là pour le défendre.

---

(1) Le 18 juin 1816, la Cour se retira à Saint-Cloud, et, le lendemain seulement, recommencèrent les fêtes du mariage de S. A. R. Monseigneur Duc de Berry.

CHAPITRE IX.

Puissance de l'Esprit public.

RÈGLE générale : sans *nationalité*, point d'esprit public; sans esprit public, point de force. Ce ne sont point les armes de Blucher, cet *invincible* que nous avons tant de fois vaincu, c'est le patriotisme du *Tugend-Bund* qui a conquis la délivrance de la Prusse tributaire.

La Prusse était d'intelligence avec ses maîtres; elle devinait que le monarque, réduit au silence par l'ascendant de la force, loin de craindre l'humeur guerrière de ses peuples, s'enorgueillissait de l'exaspération de ses provinces, et que dans le général d'Yorck, rebelle pour combattre l'oppresseur, le Roi désobéi ne manquerait pas de voir le plus fidèle de ses sujets.

Quand un grand danger menace, il faut savoir long-temps à l'avance parler aux cœurs et aux âmes, pour qu'au jour d'épreuve les cœurs et les âmes vous répondent. Les peuples n'ont de force physique, qu'en proportion de la force morale qu'on leur a su donner.

A quoi pensent tous ces législateurs à souvenirs qui voudraient constituer la monarchie, telle qu'ils s'imaginent l'avoir vue autrefois, sans esprit public pour la mouvoir ?

On les croirait étrangers à tout ce que nos bouleversemens ont apporté de différence dans les besoins, les habitudes, les mœurs, étrangers à tout ce que présente d'impérieux la situation politique de la France : tant ils prétendent, novateurs à rebours, changer ce qui est en ce qui fut, et soumettre à l'antique allure une génération nouvelle dont la marche est irrévocablement fixée.

C'est le passé qui s'avise de vouloir s'emparer du présent, et se substituer à l'avenir.

Ses ambitions seront trompées ; mais malheur si ses tentatives faisaient prévaloir aujourd'hui la doctrine que le patriotisme est une exaltation pernicieuse ; que les peuples ne doivent être initiés au secret de leurs dangers, qu'au jour où la voix des gouvernemens leur commande de s'aller commettre sur les champs de bataille !

Si l'Espagne s'est montrée, dans les derniers

temps, sublime, c'est que la Junte de Cadix osa parler de patrie, c'est qu'elle s'empara de l'honneur national, et, avec ce puissant levier, souleva la fierté castillane, et fit la nation plus grande que les désastres qui pesaient sur elle.

Voyez, à l'autre extrémité de l'Europe, ces vastes contrées dont le monarque, peut-être par une politique sage, ne reconnaît dans ses états, comme le disait si bien un visir, que *des sujets et point de nation.* Quand Buonaparte alla franchir le Niémen, qu'eut-on à lui opposer? Une armée : elle fut vaincue, et la Russie allait subir le joug, si le thermomètre n'avait pas baissé (1).

Aussi, la postérité ne manquera-t-elle point d'exalter à jamais la gloire de l'Espagne, qui se préserva à force de vertu, tandis que l'histoire se contentera d'admirer la fortune de cette immense Russie, toujours sauvée par hasard, et pour ainsi dire par mégarde : hier, parce que Charles XII a craint les rigueurs du climat, aujourd'hui parce que Buonaparte eut le tort de ne s'en pas épouvanter.

---

(1) On sait que l'incendie de Moscou fut conçu à Londres, et concerté à Pétersbourg : ce n'est pas au dévouement des Moscovites qu'on en doit faire honneur.

CHAPITRE X.

De l'Energie.

Une fois parvenus au système de bander tous les ressorts de l'esprit public, de croire à la monarchie autant de défenseurs que de sujets, et de mettre partout l'honneur national sous les armes, pour que ce puissant auxiliaire pût un jour lever à votre profit de nombreuses et invincibles phalanges, vous aurez fait le pas le plus difficile : la monarchie ne pourra pas périr.

Resterait pourtant à terminer le grand œuvre; il s'agirait de préserver la France des maux d'un envahissement.

Les grands dangers commandent de grandes mesures; ils offrent aussi presque toujours de grandes ressources, parce que tout est moyen dans les situations désespérées.

Par exemple, il est permis de croire qu'après la journée du Mont-Saint-Jean, lorsqu'une moitié de la France se précipitait au-devant de ses Princes, que l'autre, également heureuse de leur retour, se désolait de le voir devancé par une invasion nouvelle, et que, tremblant de ne trouver grâce ni aux yeux d'un peuple envahi, ni devant un Roi outragé, la troupe cherchait envain autour d'elle un chef pour la conduire, et une terre pour lui servir d'asile, tout pouvait être réparé encore, si, au milieu des rangs, avait apparu soudain un des nobles fils de France, disant :

« Enfans! Vous connaissez votre erreur au-« jourd'hui; nous l'avons oubliée.

« Le chef, pour qui vous aviez tout fait, a « déserté vos drapeaux; ralliez-vous aux nô-« tres : les Bourbons ne désertent pas! »

« La Coalition marche : Soldats, en « avant! Nous lui dirons que nous sommes ré-« conciliés, et elle s'arrêtera devant notre « union. Si elle prétendait passer outre, nous « saurions vaincre ou mourir, et du moins « nous mourrions Français! »

On respecte les motifs qui prescrivirent une autre marche; on ne respecte pas moins la circonspection qui écarta plus tard le conseil de faire contre les ravageurs une vaste levée de boucliers.

Il est toujours dangereux de donner à ce que M. Fiévée appelle la *situation démocratique*, une impulsion inattendue et forte, parce que, si la prudence n'a pas eu le loisir d'en préparer tous les mouvemens, on s'expose à ne pouvoir plus en maîtriser l'action, et à faire changer de rôle le Gouvernement et le peuple.

C'est aussi pourquoi il est de la sagesse, quand une révolution (1) est devenue inévitable, de ne pas attendre la catastrophe, de peur que le peuple ne prenne la terrible initiative.

S'il est vrai qu'il faudra, tôt ou tard, que la nation coure aux armes, préparez de longue main l'action populaire, pour qu'elle ne soit point dangereuse, pour qu'on vous sente bien maîtriser l'insurrection libératrice.

Le peuple est un géant qui ne connaît pas ses forces ; il les ignorera tant que vous saurez en diriger l'usage.

---

(1) Ce mot est d'ordinaire mal interprété. Il ne signifie, à proprement parler, qu'un changement notoire dans la situation politique d'un Etat ; par exemple, on dirait très-bien : *La révolution du 5 septembre.*

Mais, si vous ne vous décidez à lui faire qu'un appel tardif, vous ne pourrez point subordonner tous ses mouvemens à une compression salutaire : il devinera le secret de sa puissance ; il croira pouvoir tout seul agir, et vous deviendrez infailliblement sa conquête.

Prenons y garde ! quand le torrent nous entraîne, que ce ne soit point *à reculons*, comme dit Montaigne : nous serions engloutis.

Le grand art est de s'élever à la hauteur des dangers que prépare l'avenir, et de ne pas s'étonner des plans les plus hardis. Il faut désormais sauver la France, comme Buonaparte l'a perdue, en mettant en ligne toutes ses forces.

CHAPITRE XI.

Moyens de défense.

Un Ministre disait à son maître : « Sire, vous « n'avez pas de quoi nourrir vos quatre-vingt « mille hommes, il faut les doubler. »

Mais il n'appartient pas à la France de songer à redevenir conquérante, et nous ne tiendrons pas ce langage.

Nous ne savons que trop, d'ailleurs, qu'il serait difficile d'agrandir jamais les rangs de l'armée, jusqu'à y trouver un rempart contre l'invasion européenne, tandis que l'Autriche, la Prusse et la Russie, tiennent seules plus de deux millions d'hommes sous la tente.

Ce serait ici le lieu de présenter une constitution militaire, qui pût au besoin changer le royaume en un vaste camp retranché, dont l'abord fût partout inaccessible.

Quelles que soient nos vues, il ne nous est pas permis de les manifester : inutiles, nous les tairons comme écrivain ; avantageuses, comme Français.

Toujours est-il que vous devez créer une force défensive, dont le principe garantisse les avantages de votre système.

Ce principe est de mesurer la résistance à l'attaque : tout est là.

La guerre se fera certainement à la sauvage ; si le peuple Français est vaincu, il sera dévoré !

Puisque l'indépendance, c'est-à-dire la vie politique, serait en péril ; puisque la nation toute entière serait attaquée corps à corps, c'est à la nation toute entière de se défendre.

Et la victoire couronnera ses généreux efforts ; elle reconnaîtra les drapeaux de Norlingue et les hommes de Lutzen, en dépit des timides qui ne veulent pas croire la défense possible, parce qu'un célèbre maréchal de France demandait, pour entrer en campagne, trois choses, *de l'argent*, *de l'argent*, et *de l'argent* !

Non : pour combattre, vous n'aurez pas besoin de redemander à la Coalition, cette idole avare, tout l'or que le vœu, fait dans les tempêtes, vous oblige, chaque jour, de lui sacrifier.

Déjà on avait entrevu, dès le milieu du dernier siècle, que ce qui avait été vrai sous Louis XII, pour une expédition offensive, pouvait ne pas l'être aujourd'hui pour une lutte de résistance.

Un publiciste illustre allait même, il y a quarante ans, jusqu'à *mettre en problème si la finance est réellement le nerf de la guerre.*

Et le maréchal de Trivulce a été, de nos jours, réfuté bien plus puissamment encore par la Prusse, l'Espagne et l'Autriche, qui, dépouillées, ruinées, saccagées, n'ont pas eu besoin de trésors pour mettre toute leur population sous les armes; elles nous ont appris que c'est dans les arsenaux qu'il faut savoir *battre monnaie.*

Ainsi, point de crainte! la nation française saura faire ce qu'ont fait les *guérillas* de la Castille et les *landsturm* du Brandebourg.

Elle est forte de son industrie et de son soleil, qui répareront, en peu de temps, tous les désastres de plusieurs années.

Elle est forte du bonheur de compter au milieu de ses rangs des Princes qui voudront conserver la couronne, comme leurs ancêtres l'ont acquise, en sauvant la patrie (1); des Princes dignes d'être issus de l'auguste famille dont nos pères ont, depuis dix siècles entiers, vu couler le sang dans toutes les tranchées et sur tous les champs de batailles (2).

---

(1) Il n'est pas de dynastie au monde dont l'origine soit à la fois plus ancienne et plus nationale. On sait que Robert-le-Fort fut tué à Briserte, en 866, combattant pour son pays; que son fils Eudes fut, en 888, élu Roi par la nation, pour avoir délivré la Monarchie du joug des Barbares; et que c'est en considération des services de sa famille et des siens, que, cent ans plus tard, Hugues Capet obtint les suffrages des Etats de Noyon, au préjudice de Charles de Lorraine, qui fut exclus du trône, parce que ses relations étroites avec les étrangers le rendaient odieux.

(2) Cette glorieuse particularité n'est jamais plus remarquable que depuis Philippe-de-Valois jusqu'à Louis XI, époque où la France était menacée, par les tentatives de l'Angleterre et les divisions intestines de l'Etat, d'avoir à se courber sous une domination étrangère. Pendant un période de cent vingt ans de *guerres nationales*, il est à la lettre de dire que l'histoire ne mentionne pas un combat, ni un siége où quelque Prince français ne soit blessé, souvent à mort, et la branche de Bourbon est celle dont le nom se reproduit le plus souvent à toutes les pages de nos fastes.

Elle est forte d'une foule de capitaines illustres qui sauraient bien déposséder quelques superbes de leur gloire mal acquise; forte enfin d'une population de trente millions d'hommes, d'autant plus redoutable que tout Français peut dire, comme Lesdiguières : *Depuis mon enfance, nous nous connaissons les mousquetades et moi.*

Que la détresse publique, loin de vous alarmer, vous rassure donc. Quand une nation est aux abois, c'est alors qu'elle est, plus que jamais, terrible:

Una salus victis nullam sperare salutem.

CHAPITRE XII.

Action diplomatique.

Ce que l'adresse est à la force privée, la politique le doit être à la force publique : elle dirige l'usage de la puissance, elle en multiplie les moyens, en garantit la durée.

On pourrait, il faut le dire, reprocher à tous nos Rois de n'avoir pas assez connu les avantages d'un bon régime politique.

Ennemis généreux, preux chevaliers, ils croyaient indigne de leur grand cœur d'opposer aux adversaires de la France, d'autres armes que le béhourdis et la dague; souvent aux prises avec des rivaux pour qui trahir c'était combattre, et diviser c'était vaincre, ils n'opposaient aux savantes combinaisons de la diplomatie que la résistance périlleuse des batailles, et à force de loyauté, d'honneur, de confiance dans leur épée, ils mirent souvent la monarchie à deux doigts de sa perte.

Presque tous ont ignoré le grand art de calculer la paix et la guerre sur l'intérêt de leurs couronnes, de se mettre quelquefois à couvert derrière des alliances utiles, de payer ou de recevoir à propos des subsides, de donner aux traités de commerce une action défensive, de diviser enfin, ou de réunir avec habileté les cours étrangères pour faire travailler les ennemis de la Monarchie à l'édifice de sa grandeur.

Un seul de nos Rois (1) voulut avoir une autre politique que celle des camps; il devina le secret de vaincre du fond de son cabinet, et le génie réparateur de Charles V guérit les maux de vingt-quatre années de guerres étrangères et civiles; sa prudence ferma les blessures encore saignantes de la patrie envahie plusieurs fois et enfin démembrée; son habileté sut donner à la nation tout ce qu'il lui fallait de forces, pour lutter, après lui, contre un demi-siècle d'adversités, et lasser enfin la persévérance de la fortune.

(1) Nous n'exceptons pas Louis XI, ce lâche et cruel despote, que l'on a si étrangement comparé à Philippe. Le Macédonien était adroit; son émule ne fut que perfide.

Un seul de nos ministères osa fouler aux pieds les factions, porter ses regards au delà du sol français, s'emparer de tous les ressorts de la politique européenne, travailler en grand sur l'Europe; et Richelieu, dont le nom était encore destiné à d'autres gloires, Richelieu valut au Royaume cent cinquante ans de paix interieure, et prépara cette ère immortelle de notre suprématie, que la postérité nomme le Siècle de Louis XIV.

CHAPITRE XIII.

Torts du Gouvernement français dans ses relations extérieures.

On a eu raison de le dire : *Les Etats qui ont une force réelle et solide ne périssent jamais par les maux du dedans* ; ce sont les rapports externes qui les tuent.

La politique adoptée par le Gouvernement français, depuis le traité d'Aix-la-Chapelle, a, plus qu'on ne semble généralement le croire, contribué à tous les maux dont gémit la Monarchie.

Si la France ne s'était pas livrée à la Cour de Vienne par le traité de 1756, que le parlement britannique appelait *monstrueux*, l'Autriche ne se serait pas agrandie du démembrement de la Pologne, fortifiée de l'affaiblissement du Turc, enrichie des concessions de la Bavière et des opulentes dots de l'Italie ; elle n'aurait pas continué dans sa Maison les honneurs de la dignité impériale, et pris en Europe l'ascendant funeste que nos Rois avaient eu raison de lui contester trois cents ans.

Si la France, au lieu d'aller au fond de l'Allemagne prodiguer son sang et ses trésors pour une cause étrangère, se fût abstenue de la guerre des sept ans, mais eût, comme protectrice des libertés de l'empire, et garante de la paix de Vestphalie, à propos armé quand l'invasion de 1778 mettait en péril l'existence de la Bavière, la Prusse ne se serait point environnée de l'influence pernicieuse que lui donna sa résistance aux usurpations du cabinet de Vienne; la Prusse ne se serait point approprié plus tard les bords de la Vistule, et ramperait encore parmi les états du troisième ordre.

Si la France avait, à l'aide de ses armemens inutiles de Toulon, secouru la détresse du Grand-Seigneur, son plus ancien allié, son seul ami fidele; si elle n'avait pas livré la Porte aux avanies de la cour impériale, aux envahissemens de la Russie; si elle avait défendu la Pologne à outrance, et opposé à la conjuration des puissances co-partageantes l'appareil de toutes ses forces, secondées d'un nouvel effort de la Turquie, d'une diversion de la Suède et de l'alliance des états secondaires de l'empire, reléguée encore parmi les

Asiatiques, elle ne pourrait se montrer à l'Europe que derrière d'insurmontables remparts, cette Russie aujourd'hui, si terrible, qui menace Constantinople, Stockolm, l'Allemagne et le monde entier.

Enfin, si la France n'avait pas été long-temps abandonnée à ces ministères qui, voyant toujours les moyens de l'Etat à travers le prisme de leur incapacité, craignent de le commettre dans la lice politique, parce qu'ils lui supposent toute leur faiblesse, et se contentent de regarder autour d'eux, nommant modération une réserve que les contemporains ne manquent jamais de prendre pour de l'impuissance, et sagesse, une inaction que la postérité appellera impéritie ; si la France avait continué le rôle de médiatrice ferme, de souveraine agissante, que lui assignaient ses intérêts et sa force, elle n'aurait pas la douleur de voir des mains étrangères porter à présent et appesantir sur elle le sceptre de la prépondérance continentale.

Le Gouvernement l'avait, par sa faute, perdu avant la révolution ; il a pu le recouvrer depuis, et ne l'a point tenté.

Quand le premier traité de Paris eut fixé les destins de la France, si la France, désintéressée dès lors, au milieu de la lutte diplomatique qui s'allait ouvrir, se fût, au Congrès, avancée fièrement dans l'arène pour faire, comme juge du camp, la part de toutes les prétentions, de tous les droits, on eût respecté en elle cet auguste caractère de modération et de paix, que rendait formidable aux impatiences de l'ambition ou de l'orgueil, l'appareil des armées de Montmirail et de Champaubert, alors pleines de vie!

Ce fut surtout une grande faute de ne pas s'attribuer la préséance, *cette gloriole*, comme l'a dit un de nos plus grands écrivains, *que tout le monde comdamne quand on est sans caractère, et sur laquelle on insiste dès qu'on en a un.*

Qui pourrait contester le pas? Ce n'aurait point été sans doute la Prusse, dont les maîtres, il n'y pas si long-temps encore, prodiguaient à nos ambassadeurs le titre d'*Excellence*, et n'osaient pas aspirer à marcher jamais leurs égaux (1).

Ce ne sera pas non plus la Russie, géante superbe, mais née d'hier : les czars n'é-

---

(1) Traité de Westphalie.

taient pas reconnus par l'Europe pour *Altesses*, que déjà l'Europe saluait nos Rois du nom de *Majestés sacrées*, à l'égal des chefs du Saint-Empire.

Sur quel fondement s'éleveraient les prétentions de l'Autriche? Son souverain qu'est-il? — Roi de Hongrie et de Bohême. — Rien de plus? — Il est Empereur. — Quoi! affecterait-il de se donner encore pour l'héritier de notre glorieux Charlemagne dont il a résigné le sceptre? — Mais l'Autriche? — Si l'Autriche, qui s'estima heureuse d'être érigée en archiduché (1), quand déjà cinq cents ans avaient consacré la descendance de Hugues Capet sur le plus antique trône de la terre, si l'Autriche est un Empire, quel est son titre? — Le traité de Fontainebleau 1806. — Qui le signa? — Buonaparte. — Où est-il, ce dispensateur des couronnes? — A Sainte-Hélène. — Pourquoi? — Il fut usurpateur! — Et vous croiriez que sa prérogative a pu vous élever assez haut pour vous garantir le privilége de marcher à la tête de l'univers politique! Et vous prétendriez avoir reçu de lui, avec les vains honneurs d'une dignité

(1) 1477.

vaine, le droit auguste de primer une monarchie dont les armes firent seules revivre quelque ombre de l'Empire Romain, par la création du Saint-Empire, qui n'est plus ; monarchie vénérable, dont les princes dédaignèrent plus d'une fois de s'asseoir sur le trône des Césars ; dont les barons, consultés sur des offres pressantes, par un neveu de Philippe-Auguste, qu'éblouissait peu l'éclat de la pourpre vraiment impériale, déclarèrent d'un commun accord, *que le comte Robert se tenait assez honoré d'être le frère d'un Roi* (1) *qui surpassait en dignité, en forces, en noblesse, tous les potentats du monde !*

---

(1) Saint-Louis.

CHAPITRE XIV.

Que les circonstances commandent un rôle actif.

Il est temps de quitter le rôle passif auquel les ministères semblaient avoir, depuis le traité d'Aix-la-Chapelle, pris à tâche de condamner la France. Occupés qu'ils étaient, presque sans cesse, de défendre leur élévation contre les attaques toujours instantes des partis, ils négligèrent pour la cause de leur ambition compromise, les intérêts sacrés de leur pays et de leur Roi ; coupables nochers qui abandonnaient au hasard des orages le soin de diriger le navire, satisfaits, à tout prix, de se maintenir au timon.

Il est temps que, jusqu'ici oisive spectatrice, la France rentre en scène ; qu'elle se montre à l'Europe ; que les puissances n'y voient plus, enfin, ce qu'à certaine époque les princes de Piémont voyaient dans le Milanais : *Un artichaut qu'il s'agisse de manger feuille à feuille.*

Depuis le siècle de Louis XIV, la fermeté manqua toujours. Il semblait que nous ne savons quelle invisible main eût relâché tous les ressorts de l'Etat, énervé toutes les âmes, amolli tous les cœurs, comme afin de donner à la révolution, cette fille sanglante de la pusillanimité commune, plus d'énergie et plus de forces.

Sachons, après tant et de si longues fautes, paraître dans l'arène politique, de manière à ce qu'on n'ait plus le droit de prendre notre résignation pour de la lâcheté, et notre bonne foi pour de l'impuissance !

Pourquoi n'avoir, dans la diplomatie, qu'une oisive parlementaire, chargée seulement de capituler ; elle, qui devrait, active avant-garde, ruiner les ennemis avant le combat, leur enlever avec adresse tous les secours, mettre le désordre dans leurs rangs par l'habileté de ses manœuvres, traverser à force de tactique tous leurs plans d'attaque, les réduire ainsi à la défensive, et vaincre enfin, sans que nos armées eussent besoin de paraître en ligne ?

Quelle imprudence, que de se confier aveuglément à l'avenir, et de plier, chaque jour davantage, sous le joug, dans l'espoir que la fortune va, tôt ou tard, voler à votre aide?

Le malheur est un arbre dont les fruits deviennent salutaires, quand leur amertume ne décourage pas. Ce fut toujours des grands périls que naquirent les grandes prospérités.

Croyez-le bien, que, malgré tous les désastres de la monarchie, le profond marquis d'Orméa pourrait dire encore : *Vous parlez d'équilibre en Europe; il est tout au cabinet de Versailles : qu'il sache seulement ce qu'il fait.*

Pour cela, qu'au lieu de se laisser mener à la baguette par l'impérieuse Coalition, la France oppose sceptre à sceptre; que loin de subordonner ses vues à tous les plans des cours étrangères, loin d'être la cliente des grands trônes, elle croie encore à sa portée le patronage de l'Europe, et marche fièrement à la tête d'un système politique, armé pour sa propre cause.

CHAPITRE XV.

Système politique à créer.

Un écrivain illustre se plaît à rapporter quelque part qu'*un monarque d'Egypte fit avertir le Roi de Samos de sa tyrannie, et le somma de s'en corriger. Comme il ne le fit pas, il lui envoya dire qu'il renonçait à son amitié et à son alliance.*

Nous ne conseillerons point cette indignation généreuse : le Roi d'Egypte n'aurait certainement pas beau jeu.

Mais nous demanderons que dans chaque oppresseur on voie un ennemi, dans chaque opprimé un défenseur.

Il s'agit d'isoler au milieu de l'Europe les conquérans qui triomphent au milieu d'elle, et d'opposer à la Coalition ses nombreuses victimes, rangées enfin sous un même étendard.

Mettez en réquisition toutes les infortunes;

fortifiez-vous de toutes les terreurs, et une fois à la tête des souverainetés outragées ou périclitantes, vous aurez deux sauvegardes, l'opinion publique et la force.

Il ne semble pas que la France puisse adopter une autre marche, tandis qu'autour d'elle dix peuples n'ont plus de patrie et pleurent.

Le système proposé est dans la nature des choses ; les puissances l'ont déjà mis en œuvre.

N'ont-elles pas donné au monde le spectacle du singulier *transvasement* des nations, qui, conquérantes, viennent garder les vaincues, et vaincues vont maintenir les conquérantes ? Ainsi, voit-on les Prussiens occuper Leipsick et des Saxons Berlin ; les Hollandais Bruxelles et des Belges Amsterdam ; les Anglais Dublin et Hanover, et des Hanovriens ou des Irlandais la tour de Londres; les Autrichiens Milan, et des Italiens Vienne; les Russes Varsovie, et des Polonais Saint-Pétersbourg !

Si vous n'avez pas le mérite d'inventer cette division des Européens en deux zônes, celle des esclaves et celle des maîtres, veuillez du moins avoir le mérite de les séparer en deux camps, l'un pour l'oppression, l'autre pour la délivrance.

Tout vous secondera; les nations sacrifiées seront avec vous d'intelligence; animées d'un même esprit, parce qu'un même intérêt les dirige, elles vous sont déjà unies par les liens du malheur, et dès aujourd'hui, la moitié des soldats de la Chrétienté marcherait mal contre les drapeaux français.

CHAPITRE XVI.

Des puissances secondaires de l'Europe.

La politique française aura pour matière toutes les divergences d'intérêts ; elle aura pour but d'armer contre les grands potentats toutes les rivalités et tous les ressentimens.

Il est accompli enfin le vœu que formait, il y a cent ans, l'abbé de Saint-Pierre, de voir l'Europe réunie sous l'empire des mêmes lois ; car elle est courbée sous le même joug.

Du sein des derniers bouleversemens, une oligarchie formidable s'est tout-à-coup élancée, qui a saisi le sceptre de la toute-puissance, distribuant les pouvoirs, partageant les dominations, assignant les limites, disant à chacun, comme Jéhovah : *Huc usque venies, et non procedes ampliùs !* Tu viendras jusqu'ici, et tu n'iras pas plus loin !

L'univers apprit donc, un matin, en lisant la Gazette de Vienne, que tous les peuples et tous les rois sont les vassaux de quatre couronnes; que la terre est le patrimoine de quatre hommes !

Eh bien ! formez une contre-coalition : que les puissances méconnues se réunissent et viennent réclamer leurs droits; qu'autour de vous se rallient tous les Etats-sujets, tous ceux que leur situation, leurs besoins ou leurs vœux appellent à reconnaître pour ennemie l'une des quatre têtes de l'hydre oligarchique.

Au premier rang, se présentent les Etats-Unis, qui seuls ont l'avantage de pouvoir être présens partout où l'Angleterre est dangereuse, et l'attaquer partout où elle est vulnérable : ils virent jadis en nous des libérateurs ; qu'ils y voient toujours des auxiliaires ; que tout entier soit mis en œuvre le plan de Louis XVI, ce bon Roi, grand aussi, qui aida le peuple américain à reconquérir ses libertés, pour préparer à nos rivaux d'éternelles sollicitudes.

Nous ne mentionnerions pas la chétive monarchie, émigrée au sein de l'Amérique méridionale, si nous n'avions quelques mots à dire des difficultés élevées par la cour de Rio-Janeiro, sur la restitution de Cayenne. Convenait-il bien à la majesté du trône de solliter la justice du cabinet brasilien, d'envoyer un duc et pair marchander, par delà l'Océan, les droits de la couronne, avec une maison qui doit peut-être son existence à la protection de Louis XIV? Pourquoi plutôt ne pas avoir pris quatre mille baïonnettes pour parlementaires? Vous auriez châtié l'outrage, et certes, c'est un devoir de ne pas laisser impunie l'arrogance des puissances secondaires; pour apprendre aux prépondérantes que le malheur ne nous a rien ôté du sentiment de la dignité nationale.

L'Espagne, que les Pyrénées jettent à mille lieues de l'Europe, n'est rien en Europe que par sa marine ou par la France. Il faudrait arracher le monarque à sa léthargie politique, lui montrer l'équilibre rompu, parce que l'Occident est écrasé, lui dire que, si la monarchie succombe, le continent va peser tout entier sur ses frontières, lui apprendre que l'Océan, ce fertile domaine de ses ancêtres, passé aujourd'hui en des mains étrangères, fait de son royaume une prison dont l'Angleterre a seule toutes les clefs; il faudrait ramener à la fois le cabinet de Madrid dans le 19e siècle et dans l'Europe; lui rappeler que le pacte de famille fut avantageux aux Castillans, et peut leur redevenir utile; lui faire entendre que, pour replacer la nation espagnole au rang dont elle s'était montrée si bien digne, il a besoin de se réconcilier avec les Etats-Unis, et nous avons presque dit avec la France.

Puisqu'on n'était point en mesure de s'opposer à l'expédition d'Alger, il convenait du moins de ne se point réjouir d'une parade scandaleuse, où la France, où l'Europe, où l'humanité même était jouée. Quand les pirates de Copenhague publièrent, à son de trompe, la grande scène des *pirates de la Méditerranée punis, ou le monde vengé*, loin de prodiguer, tout d'abord, ses applaudissemens aux bâteleurs, le genre humain devait, long-temps à l'avance, pressentir le dénoûment.

Il suffit que les Etats barbaresques puissent être redoutables à Malte, et devenir pernicieux aux Sept-Iles, pour que nous devions renouveler avec eux une alliance dont, avant la révolution, nos Princes ne rougissaient pas; et, si la morale chatouilleuse des cours allait s'en effaroucher, il ne sera point malaisé de répondre.

Le Turc est un vieil ami qui n'eut jamais de torts envers nous; cherchons à réparer les nôtres. Le lier étroitement dans le système serait d'autant plus utile, que, sous le rapport de ses intérêts maritimes ou de son intérêt continental, il a, par la force des choses, toutes nos alliances et toutes nos inimitiés. Placé entre la Russie qui assiége ses frontières, l'Autriche dont l'ambition convoite sa ruine, et la marine anglaise qui s'agite dans les parages de la mer Egée, inquiète de tout ce que les Dardanelles dérobent, le Grand-Seigneur se jettera tout entier dans les bras de la France, si la France les lui sait ouvrir. Il serait digne d'elle de revendiquer auprès du divan, pour sauver la monarchie ottomane, toute l'influence dont un ministère mal habile n'usa que pour la perdre, lors de la paix de Kaïnardjick; il serait digne d'elle de persuader à Mahmout un système vigoureux et fort, de lui apprendre à ranimer les membres languissans du corps immense de son empire, à recréer les terribles milices d'Amurat et de Soliman, à réunir sous l'étendard de Mahomet une puissante armée, qui, pour ne pas donner trop tôt l'éveil, irait fortifier l'Etat d'une pacification salutaire, en tirant contre le Wéchabite le glaive destiné à l'Ukraine.

A l'autre extrémité de l'univers russe est la Suède, seule gardienne du Nord. La réunion de la Norwège, utile aux deux peuples, ne le serait pas à l'Europe, si la Scandinavie, trop faible encore pour lutter contre sa formidable voisine, ne trouvait dans un appui robuste les forces qui lui manquent. Quand Gustave III songeait à reconquérir la Finlande et à sauver la Turquie, sa première pensée fut de s'adresser au cabinet de Versailles, dont la timide politique ne sut que balbutier des incertitudes. Ne craignez pas aujourd'hui d'aller au-devant d'une antique alliée, de réparer les torts du dernier siècle, et de reprendre des nœuds que doivent resserrer des intérêts et des dangers communs. Il n'y aura point de sécurité pour la Suède, tant que la Russie trouvera dans sa toute-puissance les moyens d'accueillir, tôt ou tard, les réclamations du sang; il n'y aura point d'équilibre en Europe, tandis que le royaume du septentrion ne pourra point se ressouvenir qu'aux jours de sa splendeur, il donnait la main à la Pologne sans traverser les mers, et tenait les Tzars aussi loin de la Baltique, que la république des Jagellons les tenait loin de l'Allemagne.

L'importance du Danemarck est trop peu sentie; en perdant du territoire, il n'a rien perdu de son poids dans la balance de l'équilibre général, parce que ce n'étaient point les armées qui faisaient sa force.

N'allez pas, comme un publiciste célèbre dont les aperçus sont quelquefois plus ingénieux que justes, voir simplement *une seigneurie armoiriée d'une couronne royale* dans la puissance qui, secondée, exclurait l'Angleterre de la Baltique; et la Russie de l'Océan, qui, devenue enfin, comme cela paraît inévitable, la conquête de la Prusse, dénaturerait toutes les relations politiques de l'Europe, et terminerait peut-être les contestations de Paris, Londres, Saint-Pétersbourg et Vienne, en fixant à Berlin le siége de la suprématie; car, il n'y a point de milieu, placée, comme Thèbes et Sparte, au centre de toutes les aggressions, la Prusse ne doit vivre qu'un jour, comme Thèbes, ou tout renverser, tout vaincre autour d'elle, comme Sparte.

Tous les intérêts, que le Danemarck peut servir, lui préparent autant d'assauts dont il ne peut se préserver qu'en trouvant un auxiliaire dont l'appui ne soit pas onéreux ; et, dès lors, nul doute que sa politique, toujours vacillante depuis des siècles, ne se fixât enfin à contracter avec le cabinet des Tuileries de solides engagemens.

La France acquerrait un immense avantage, celui de pouvoir, à son gré, refuser ou livrer l'Allemagne à cette belliqueuse Suède, dont les armes régnaient, au temps de Gustave-Adolphe, depuis les bouches de l'Oder jusqu'aux sources du Danube, et semaient la terreur jusqu'aux portes de Vienne.

Le Danemarck, qui a tout à craindre de tout ce qui l'approche, se réjouira d'une assistance puissante, mais éloignée : il songera que, malgré la calamiteuse journée de Pavie, les François Ier protégeaient encore les Christiern, et que, parmi les bouleversemens dont l'heure approche, la fortune de la France, pour qui l'adversité fut toujours la matière d'une nouvelle gloire, pourrait bien lui trouver plus tard une Norwège sur les frontières du Holstein.

Notre hypothèse est suffisamment fondée ; le spectacle de l'Empire Germanique révèle seul toute la fragilité des œuvres du Congrès de Vienne. Il est facile de comprendre que les augustes architectes n'ont pas voulu bâtir un édifice, mais préparer de longue main tous les matériaux nécessaires à l'exécution de plus vastes plans.

L'Allemagne, république informe, surchargée d'une foule de souverainetés impuissantes, pleine de prétentions méconnues, de droits violés, d'ambitions actives; l'Allemagne est une parfaite image de l'Europe, un chaos comme elle : la politique française devait essayer de le débrouiller à son avantage.

La diète de Francfort ouvrait une belle carrière à notre diplomatie; c'était le champ de bataille où Waterloo pouvait être réparé.

N'oublions pas que nos intérêts et notre situation nous appellent à rester les arbitres de l'Allemagne. Que deviendrait cette fourmillière de principautés transrhénanes, que doit écraser le premier pas de la Prusse ou de l'Autriche, si elles ne pouvaient se réfugier à l'abri d'une intercession tutélaire? Et, à son tour, que deviendrait la monarchie, si elle ne trouvait un rempart contre les premiers assauts des coalitions, dans cette foule d'Etats qui ont besoin de la défendre pour être protégés par elle ?

Rappelez-vous 1813 et 1814! L'Espagne, l'Autriche, l'Angleterre, la Russie, la Suède, et la Prusse, se perdaient en efforts inutiles! Leur antagoniste triomphait encore ; mais les Saxons et les Bavarois vinrent à se retirer de lui, et sa fortune le déserta, comme eux. Aussitôt que la confédération fut dissoute, le terrible succomba, malgré la puissance de son épée, parce qu'il avait perdu sa cuirasse.

Malheur, si la haine due à Buonaparte passait à ses ouvrages! Il faudrait tout abandonner, puisque Dieu lui permit de toucher à tout.

Et d'ailleurs, la confédération du Rhin n'est pas une création nouvelle ; c'est moins dans un décret de 1806 que dans les archives de l'ancien Empire, dans les annales de l'histoire, qu'il faut en chercher l'origine ; il y a des siècles qu'elle existe, et, la nature des choses le veut, elle existera toujours.

Seulement, au lieu d'être, comme naguère, une sanglante oppression, elle reviendra, comme sous nos Rois, un protectorat désintéressé.

Si la France renonçait à l'auguste mission de défendre les libertés germaniques, l'Europe serait en péril de deux manières : ou la Prusse et l'Autriche sont divisées ; alors la Russie intervient et subjugue ; ou les deux couronnes sont d'intelligence, et l'Europe tremble devant ce corps immense qui s'étend des confins de la Moldavie aux bords du Zuiderzée, et des frontières de la Courlande au fond de l'Italie.

Que le sentiment de nos revers ne nous ôte pas la conscience de nos forces. Nous sommes toujours cette France que la nation allemande prenait autrefois pour garante de ses constitutions, pour préservatrice de ses droits.

Et la preuve que notre appui lui redevient utile, c'est que tout a été mis en usage pour lui inspirer la haine du nom français, pour lui faire confondre dans la même réprobation et le joug dont l'écrasait un despotisme impolitique, et le peuple qui avait le malheur d'en être à la fois l'instrument et le martyr.

Efforts inutiles ! Hors des murs de Berlin et de Vienne, tout aime la France, parce que sans elle tout gémit.

Pensez-vous que toutes ces souverainetés, maintenant foulées entre les deux colosses germaniques et la France, ne voient pas, dans les enclaves des bords du Rhin, une façon de pierres d'attente destinées à unir tout à l'heure les parties disjointes de la construction nouvelle ?

Comment, au souvenir des douleurs de la Saxe, Veymar, par exemple, et Hambourg, ne s'effraieraient-ils pas de se voir jetés entre Aix-la-Chapelle et Berlin ? Comment encore Bade et le Wirtemberg ne devineraient-ils point que Mayence, aujourd'hui en Allemagne, sera demain en Autriche ?

La Bavière a cherché en vain, autour d'elle, ce bras puissant qui autrefois soutenait sa faiblesse contre les assauts toujours répétés, toujours prêts à l'être, de la maison impériale.

Au désespoir, elle s'est jetée dans les bras de l'Autriche, pour que la voix du sang pût plaider sa cause ; mais nonobstant, comptez aussi sur elle, parce qu'elle a, depuis vingt-quatre années, assez appris, et nous ne l'apprendrons pas au frère de Louis XVI, que l'on vit dans un siècle de miracles politiques, dans un siècle fort, où il n'est pas de sacrifices dont s'épouvante *le patriotisme européen*, où la consanguinité se tait quand l'*intérêt des peuples* a parlé.

Montrez-vous donc à l'Allemagne, et vous ne manquerez pas de cliens prêts à vous défendre ! Montrez-vous aussi à l'Italie, et vous y trouverez encore cette Autriche qui, partout menaçante, travaille ainsi toujours à vous armer des terreurs qu'elle fait naître.

Le roi de Piémont, qui n'a pas même pu obtenir encore les clefs de ses places-fortes, doit songer que les clefs des Alpes ne lui seront pas long-temps laissées.

Les Bourbons de Naples, Français par le sang, Français par alliance, Français par nécessité, n'oublieront pas que les empereurs ont ambitionné, cinq cents ans, le trône des Deux-Siciles.

Le Pape sait que les Othon se croyaient propriétaires du *patrimoine de saint Pierre*, et suzerains des Etats de l'Eglise, que les Henri VI allaient se faire sacrer au Vatican, et que les Charles-Quint ne craignaient pas d'emprisonner le vicaire de Jésus-Christ au château Saint-Ange.

CHAPITRE XVII.

Contre-partie du précédent.

Nous croyons avoir suffisamment fait montre de toutes les ressources politiques dont la France pourrait se ménager l'avantage, nous ne dirons pas pour se mettre à même de demander réparation de ses injures, mais pour se préserver, du moins, quand un nouvel envahissement lui imposera l'obligation de se défendre.

Nous sommes convaincus que fausses doivent être les rumeurs populaires qui prêtaient à la coalition d'officieuses discordes. On l'a dit plus haut : Elle sera long-temps unie, et Buonaparte, au jour de son apparition de Cannes, jugeait bien mal l'Europe, de croire *le Congrès dissous*, quand la France existait encore.

Mais enfin, s'il arrivait que des amours-propres blessés, ou des ambitions ombrageuses, missent, contre toute attente, les potentats à cheval, il faudrait se garder d'une guerre où rien ne serait à gagner, et tout à perdre.

Se garder de la guerre, parce que la guerre a pour but la conquête, et que si le génie des conquêtes paraissait avoir survécu parmi nous, nous aurions bientôt à repousser l'aggression de tous les trônes, réunis de nouveau par leurs souvenirs et par leurs craintes.

Quel serait votre motif pour combattre? d'acquitter vos dettes sur les champs de bataille. Eh bien! la neutralité vous libère.

Si les Puissances en venaient aux mains, croyez qu'aucune d'elles ne réclamerait de vous l'exécution des traités, dans la crainte que votre décision ne terminât, à son préjudice, les incertitudes de la victoire.

Aussi était-ce un devoir de chercher à hâter l'événement, à prématurer des dissensions inévitables, mais peut-être assez tardives pour ne pas suffire à sauver la monarchie. Il semble que les moyens ne manquaient pas: le Congrès de Vienne a pris soin de charger le canon à mitraille; restait seulement à trouver la mèche.

Mais ce serait une grande faute que d'avoir

en vue des alliances offensives. Nous ne pouvons entrer en campagne que dans l'hypothèse du chapitre précédent, au cas d'une insurrection nationale, comme chefs du système libérateur ; nous ne le pouvons pas comme auxiliaires.

Dans l'état actuel des choses, à quelle puissance nous allier, sans armer de toutes nos forces une ennemie ou une rivale, sans ajouter à l'inconvénient d'irriter les haines, le danger d'inspirer des craintes ?

La France, quoi qu'on en dise, ne sera pas de long-temps unie à la Prusse ; non que les deux peuples ne puissent vivre en paix, qu'ils ne puissent habiter la même Europe ; mais parce qu'ils ne peuvent point marcher sous la même bannière : en faisant jouer la mine sous les ponts de notre capitale, en traitant les provinces en pays conquis, en dévastant nos Musées, au mépris d'une capitulation signée la veille ; en osant, en pleine paix, pointer des batteries sur le palais de nos Rois, on a rompu tout pacte. Les Blucher ont mis, entre leur pays et le nôtre, tout le mur de la Chine.

Ce que le sentiment de notre dignité, ce

qu'une sorte de pudeur publique nous commande à l'égard de la Prusse, des considérations d'un autre ordre nous le commandent à l'égard de l'Autriche. Sans tout dire, parce qu'on est bien sûr d'être assez entendu, une barrière fatale sépare les héritiers de Charles-Quint des successeurs de François Ier, les neveux de Mayenne des petit-fils d'Henri IV. Une répugnance personnelle éloignera toujours les deux couronnes, et les Français y applaudissent, parce que, dans tous les temps, les alliances de l'Autriche leur furent plus pernicieuses mille fois que ses hostilités, parce que l'ingratitude est l'âme de sa politique, et qu'en lui consacrant nos armes, nous nous préparerions la destinée des Français de Louis XIV vainqueurs pour elle à Saint-Gothard.

Nous ne serons pas non plus les alliés de la Russie, bien qu'un sentiment réciproque d'estime et d'affection unisse les deux peuples. Nos soldats ont toujours aimé à fraterniser aux avant-postes avec les soldats russes, et dans nos villes, les officiers ont tous paru dignes de recevoir parmi nous le droit de bourgeoisie; mais la raison d'Etat parle : il est une *nationalité* européenne qui nous défend d'être les complices de l'asservissement du monde : il est une politique instante qui nous oblige de ne voir dans *les Français du Nord*, que les oppresseurs de la Pologne, et dans leur empire qu'un arsenal où se forgent nos chaînes.

Reste donc l'Angleterre..... Quel triomphe pour elle, si, dans les guerres que lui prépare l'indignation du continent, elle réussissait à recruter du sang français! Combattre sous ses étendards, ce serait outrager la cendre de nos pères.

Ce serait surtout précipiter à coup sûr la chute de la monarchie; car, victorieux, vous avez prêté à votre ennemie le secours de vos bras, pour consolider l'édifice de sa grandeur, et, après la lutte, elle se réunit aux vaincus, et vous écrase.

Vaincus au contraire, même destin! les armées britanniques désertent; leurs vaisseaux les abritent; Paris est ouvert, saccagé, détruit; la défaite sert Londres, bien mieux que n'eût fait la victoire.

CHAPITRE XVIII.

Considérations diverses.

Ainsi, deux hypothèses. Ou la guerre divisera les cabinets, et alors la politique fait une loi de la neutralité; ou la paix leur permettra d'accomplir les grands desseins, de satisfaire *les grands intérêts communs* (1), et la fortune alors nous place dans l'alternative de nous livrer ou de combattre.

Soit neutre, soit belligérante, la France a également besoin de forces, parce qu'il faut pouvoir la guerre, quand on veut s'en abstenir; c'est le vieil adage : *Si vis pacem, para bellum.*

On ne reproduira point ici les aperçus présentés au chapitre XI; ceux qui nous feraient le reproche de n'avoir pas achevé notre tâche,

(1) Passages précités des traités.

de n'avoir exposé qu'à demi les moyens de délivrance, ne nous auraient pas bien entendu.

Nous avons offert les ressources morales et politiques : nous ne pouvions pas développer les autres.

Les bras ne manquent point : toute la difficulté est donc de savoir en utiliser la force, de manière à commander au-dedans la confiance et la sécurité, bases de tout crédit public, sans inspirer des alarmes au-dehors.

On a des armes : deux millions de Français ont fait la guerre, et tous conservent avec orgueil, comme trophée et comme défense, le fusil ou le sabre qui les aidait à vaincre.

Rien de plus facile que d'avoir une artillerie formidable. Les premiers artilleurs de la terre sont à vos ordres ; les canonniers d'Austerlitz labourent vos champs ; au premier signal, ils viendront les défendre.

Et des pièces ? — Rasez vos forteresses, désormais inutiles ! Renversez des citadelles coûteuses ! Vous aurez de quoi élever, derrière la Seine ou la Loire, tout un rempart de bronze.

Qu'espérer de vos places démantelées, quand la perte d'une vingtaine des plus précieuses clefs du royaume livre la France au premier envahissement ; quand l'Alsace et l'Artois sont inondés ; quand les armées étrangères campent à trois journées du Louvre ? (1)

C'est au cœur des empires que désormais les généraux auront toujours soin de viser.

Buonaparte est venu détruire tout le système de l'art militaire, en enseignant que les capitales méritent seules les honneurs d'un siége ; que Munich et Vienne sont à la distance d'une marche, Paris et Moscou à la distance de deux victoires.

Tout est changé : Mézières et Bayard suffisaient pour arrêter Charles-Quint à la tête de l'armée la plus formidable que les temps modernes eussent montrée à l'Occident.

---

(1) Nous aurions pu ajouter que l'article 4 de la Convention conclue en conformité de l'art. 5 du Traité principal, a fixé la force, tout-à-fait insuffisante, des garnisons que les coalisés veulent bien permettre au Gouvernement de tenir dans les vingt-six places qui lui sont restées. Nous serions curieux de savoir comment cette précaution est expliquée par ceux qui ne voient dans l'armée d'occupation qu'une garantie pour la royauté, et dans les Hauts-Alliés que des amis sincères de la France.

Aujourd'hui, Strasbourg, Huningue et Mayence, ont-ils interdit à Schwartzemberg le passage du Rhin ? Aujourd'hui, la triple ligne de Louis XIV, laissée par les conquêtes de la révolution à deux cents lieues de nos frontières, et couverte par plus de quarante boulevards, a-t-elle empêché Wintzingerode et Blucher d'apparaître dans les plaines de la Picardie et de la Champagne ?

Voyez Buonaparte, dont nous citons quelquefois l'exemple, parce qu'instructives sont les fautes de l'homme dont la postérité dira que nul autre ne sut mieux l'art de maîtriser les hommes ! En 1813 et 1814, il eut le tort de hérisser les places fortes de batteries et de soldats, puis quand il lui fallut tenir campagne, il ne lui resta ni matériel, ni troupes. Il cessa de régner sur la France pour avoir renoncé à la tactique dont l'avantage venait de le faire régner sur l'Europe.

Ainsi, plus de confiance dans la force inerte des citadelles ! Les armées les regardent et passent.

Le conseil de détruire des amas de pierres, dont on ne peut raisonnablement songer à se faire une sauvegarde, étonnerait moins qu'une autre idée dont il n'est peut-être pas temps encore de hasarder le développement ; mais pas de doute que nous y viendrons plus tard, ou la monarchie périra......

Ce qu'était l'épée de Charlemagne pour l'empire, les brodequins écarlates pour l'Orient, la couronne de fer pour la Lombardie, pour la Hongrie, celle d'or, sortes de *palladium* dont la conquête ou la perte suffisait à fixer les destins de l'état, Paris l'est pour la France.

Grâce à la centralisation désordonnée des pouvoirs, et à l'habitude contractée, depuis vingt-cinq ans, d'avouer les carrefours de la grande ville pour les comices du royaume, elle est aujourd'hui devenue le *Forum* de la nation, tandis qu'elle n'en devrait être que la tribune aux harangues.

Nos pères voyaient toujours le roi de France dans *le roi de Bourges*, et *le Béarnais*, bien que la Ligue régnât au Louvre, ne désespérait point de sa couronne.

L'expérience des derniers temps l'a plusieurs fois montré ; nous perdons tout-à-fait courage dès que nos couleurs ne flottent plus sur les bords de la Seine, parce qu'en perdant Paris, tout nous paraît aussitôt perdu.

Il est d'autant plus nécessaire de dissiper cette illusion nouvelle, que l'antique prestige est détruit : la Cité-reine n'est plus la Cité-vierge.

Il serait facile d'habituer les esprits à y voir simplement une commune dont la conquête deviendrait moins utile qu'onéreuse. C'est un grand fléau pour des aggresseurs, que ces énormes places dont il faut nourrir et garder les six cents mille habitans, sous peine de trouver un tombeau dans leurs murs.

Mettez-vous à même de pouvoir emporter, au besoin, votre capitale sur les hauteurs du Puy-de-Dôme, ou dans les inaccessibles retraites du bocage de la Vendée, et, malgré l'occupation passagère de quelques provinces, vous pourriez, certains du salut de la patrie, répéter à ses oppresseurs, les paroles du prophète : *Væ qui prædaris, nonne et ipse prædaberis, et qui spernis, nonne et ipse sperneris ? cum consummaveris deprædationem, ipse deprædaberis* (1).

---

(1) Isaïe, ch. VII, liv. 1.

CHAPITRE XIX.

Conclusion.

Un prince, qui avait rançonné un chef, moins fort, mais plus habile et plus sage, lui écrivit cette lettre :

« O'Neil a O'Donnel.

« Paie-moi ton tribut, ou...... »

« O'Neil. »

L'opprimé avait eu la prudence de se mettre, long-temps auparavant, en mesure; il répondit :

« O'Donnel a O'Neil.

« Je ne te dois rien, et si je te devais..... »

« O'Donnel. »

Tout le devoir de la France, tout son avenir est là.

Pour le démontrer, les raisonnemens seraient superflus. L'instinct de la conservation commune parle assez haut, et l'histoire vient à l'appui de la raison d'État.

Les maux qui pesent maintenant sur la patrie, l'ont une autre fois accablée ; trouvons dans le passé un enseignement salutaire.

Lorsque, sous le roi Jean, l'Angleterre, à l'aide d'une suite de coalitions formidables, fut venue enfin à bout de la monarchie que les guerres étrangères et civiles avaient épuisée ; lorsque, bientôt après, la rébellion et une défaite dont l'orgueil national n'avait point à rougir, parce qu'elle était le résultat des divisions intestines, eurent livré le royaume et le monarque à la merci des envahisseurs, il fallut bien alors (1), comme de nos jours, se courber sous le faix d'une calamiteuse pacification.

Ensuite le souverain (2), également fort, et de sa haute sagesse et de la courageuse résignatation de ses sujets, appliqua tous ses soins à réparer les désastres, à créer des ressources, et, une fois que l'état eut recouvré assez de vigueur pour rentrer victorieusement en lice, le

(1) 1360. Traité de Brétigny, dont les conditions étaient d'une rigueur, alors sans exemple.

(2) Charles V.

Roi voulut que la nation pût se faire entendre; les Etats-Généraux s'assemblèrent; la rupture du traité de Brétigny fut proclamée; la France prit les armes.

Secondée de la prudence de son roi, qui, sans quitter le Louvre, savait reconquérir des provinces; guidée au combat par la bravoure de l'impétueux duc de Berry et de son frère aîné, aussi bon soldat, capitaine plus connu, tous deux pleins d'ardeur, tous deux impatiens de laver dans le sang de l'étranger les injures de la patrie (1); conduite à la victoire sous la bannière d'un connétable illustre, vieux de batailles, dont le nom avait rallié toutes les *compagnies* dissoutes, et exalté toutes les nouvelles bandes, la France, de triomphe en triomphe, arriva bientôt au faîte de sa première splendeur.

Ces nobles souvenirs suffiraient à la sécurité publique, si toutefois nous avions besoin de rétrograder jusqu'au tombeau de nos pères, pour y chercher l'espoir de la résurrection nationale.

---

(1) Daniel, Hist. de France, Règne de Charles V, année 1369.

Louis XVIII l'a dit du haut de son trône ; *il ne désespère point, parce qu'il règne sur les Français.*

Et les Français, pour ne se pas décourager, n'ont qu'à regarder autour d'eux.

Car, sur la patrie veille un autre Charles le Sage, et pour seconder nos vaillans Princes, l'Europe le sait assez, les Duguesclin ne nous manqueraient pas.

FIN DE LA SECONDE PARTIE.

POST-SCRIPTUM.

De la communication faite aux deux Chambres par S. Exc. M. le Ministre Secrétaire d'Etat au département des Affaires étrangères, touchant la réduction de l'armée d'occupation.

A PEINE venons-nous de quitter la plume, qu'il faut la reprendre. Bien des choses douloureuses nous restent à dire.

A la lecture du discours prononcé, dans le sein des deux Chambres, par S. Exc. M. le président du Conseil des Ministres, nous avons éprouvé bien des incertitudes.

Il semblait que nos craintes dussent être injustes, et nos réclamations intempestives.

Le caractère, les principes, le nom du Ministre, forcent à croire la vérité de ses paroles, autant que la supériorité de ses lumières commande une confiance sans réserve dans la justesse de ses vues.

Est-il facile néanmoins de concilier avec les expressions de l'estime, avec les protestations de la reconnaissance (1), et les faits déjà recueillis par l'incorruptible histoire, et les plaintes dont la même voix faisait retentir la même tribune, en disant, le 25 novembre 1815, qu'*il suffisait de savoir que les onéreuses, dures et pénibles stipulations du Traité de Paris, avaient été proposées à des Français, pour qu'on dût en conclure que la nécessité, et la nécessité la plus indispensable, avait pu seule les déterminer à y souscrire?* (2)

La note officielle des quatre cours n'a pas dissipé notre étonnement; elle a décidé nos alarmes.

Nous avons été frappés d'abord de la satisfaction détaillée que les plénipotentiaires témoignent, au nom de leurs maîtres, pour le système suivi dans l'administration du

---

(1) Voyez le Discours de S. Exc.

(2) Discours prononcé par S. Exc. M. le duc de Richelieu, en présentant le Traité aux deux Chambres.

royaume. Nous nous sommes rappelé qu'en Pologne, les rois conjurés préparèrent le partage par l'adresse qu'ils surent mettre en œuvre pour s'emparer de tous les intérêts nationaux, pour devenir les arbitres de toutes les contestations qui naissaient, chaque jour, de la gravité des circonstances ; eux aussi, ils eurent soin de tracer au monarque la ligne constitutionnelle où sa politique devait marcher : c'était prévenir, long-temps à l'avance, que les institutions, les libertés, les principes étaient sous la sauvegarde de ces redoutables tribuns du peuple, et que, si le Gouvernement venait à suivre une autre route, la nation serait confisquée au profit de ses libérateurs.

L'ambition saurait bien encore argumenter à la manière d'un monarque dont la politique perfide avait mis le royaume en feu : « Ne « voyez-vous pas, disait Henri V, que Dieu « m'a amené ici comme par la main ? Tout est « en confusion dans le royaume ; on ne songe « pas à s'y défendre contre moi ; puis-je avoir « une marque plus sensible, que le Dieu qui « dispose des couronnes, a résolu de me mettre « celle de France sur la tête ? »

Ces réflexions en ont amené une autre : nous nous sommes demandé si les puissances avaient été, jusqu'à ce jour, magnanimes envers la France ; d'accord avec le genre humain, notre conscience a prononcé que non.

Il a fallu nous demander alors si elles le sont devenues....... Même réponse.

Si elles étaient justes, elles auraient libéré le royaume d'un fardeau que rien ne leur donna le droit d'appesantir.

Comment donc seraient-elles magnanimes, en n'écoutant ni les réclamations de l'équité, ni les plaintes du Roi, ni les soupirs de la France ?

Or, où est le bienfait qu'on exalte ? Les grandes dettes continuent à peser sur nous ; les boulevards du royaume ne sont pas restitués ; l'armée d'occupation reste : seulement il se pourra que trente mille hommes partent.

Mais, nous ne jouirons de cette faveur qu'au mois d'avril ; mais rien n'est retranché des cinquante mille rations de cavalerie ; mais il n'est pas *clairement* exprimé que l'entretien, la nourriture, ou la paie, ne soit plus à nos frais.

Mais enfin, il a été antérieurement stipulé pour l'armée entière une augmentation de solde qui suffirait à entretenir dans la Belgique les troupes retirées de France.

Cette observation est importante; elle ouvre carrière à bien des conjectures. Elle reporte surtout la pensée à réfléchir que la munificence des Hauts-Alliés est conditionnelle; qu'ils exigent d'abord l'adoption d'une *bonne* loi des finances.

Une bonne loi! C'est-à-dire qu'ils sont appelés à discuter avec nous le budget; c'est-à-dire qu'ils ont voix délibérative aussi-bien que nos assemblées nationales : voilà une quatrième branche du pouvoir législatif!

Les charges ne sont pas diminuées; quelques fantassins de moins, et des millions de plus.

Encore, pour obtenir ce prétendu avantage, faut-il, à tout prix, voter le budget présenté par le ministère! Quel est le but?

Les domaines nationaux, les biens des émigrés, les propriétés communales, tout a été vendu, tout est consommé : des bois seuls nous restent encore, dernière hypothèque qu'il faudrait pouvoir réserver à l'avenir; dernière proie dont veut se rassasier cette Coalition qui dévore tout ce que la révolution n'avait pas englouti.

Et, à l'aspect des voies tortueuses où l'on croirait que la politique des cours s'engage, afin de mieux conduire la monarchie à sa perte...., notre cœur s'est, plus que jamais, trouvé gros d'amertume; nous avons cru, plus que jamais, nécessaire de tonner la Philippique.

Il n'est pas de considération qui puisse nous empêcher d'accomplir cette noble tâche. Rien au dedans, rien au dehors ne nous saurait forcer à garder plus long-temps un silence que réprouvent les intérêts de la monarchie.

Sans doute il est pénible d'avoir à contrarier d'augustes espérances. Celui qui est remonté au trône de ses pères, le Testament de Louis XVI à la main, peut ignorer qu'il est plus facile à la clémence d'oublier des crimes, qu'à l'ambition de pardonner des victoires. L'âme d'un loyal et grand Prince répugne à soupçonner des arrière-pensées; le cœur d'un bon Roi se refuse à pressentir des calamités nouvelles. C'est donc un devoir de ne pas taire des périls que son âme est trop belle pour connaître; devoir rigoureux que nous n'aurions pas le courage de remplir, s'il nous fallait troubler une sécurité qui est le seul dédommagement des infortunes les plus cruelles et les plus longues. Louis XVIII a raison de se réjouir et de croire que déjà brille l'*aurore du bonheur de la France;* car tous les Français la trouvent dans la haute sagesse et la sollicitude paternelle de leur Roi.

Nous ne pouvions pas nous affliger d'une autre crainte; le reproche d'avoir méconnu les droits de la reconnaissance ne nous sera point adressé; les illusions d'un jour se sont évanouies.

L'univers proclame que la France ne doit pas ses Bourbons au dévouement ni à la grandeur d'âme des Hauts-Alliés; et l'asile qu'une puissance donnait aux augustes proscrits de la révolution, fut offert par les mêmes principes qui expropriaient, à la même époque, une princesse du même sang, forcée d'abandonner ses états héréditaires, de laisser la Sicile en proie à la rapacité de ses prétendus défenseurs, pour aller chercher, à Constantinople, dans la générosité du Grand-Turc, un refuge où ne pussent l'atteindre les persécutions du cabinet de Saint-James; on sait que tous ces billets de banque, dont le gouvernement britannique fut, dit-on, si prodigue, étaient autant de lettres de change tirées par la politique anglaise sur la guerre civile.

Et si des amis de la Grande-Bretagne osaient invoquer les secours donnés par elle aux insurrections de la Vendée, pour nous répondraient ces nobles Princes, qui n'obtinrent jamais l'avantage de toucher le sol français; de peur que la présence des Petits-Fils d'Henri IV pût tout rallier à son panache! Nous vous appelons aussi en témoignage, mânes des victimes de Quiberon!!!!

Ah! loin de vouloir contraindre le peuple français à consacrer ses souvenirs par un culte de reconnaissance, priez plutôt qu'il oublie le passé, ou qu'il pardonne les outrages, les complots et les crimes.

Sûrs que les Ministres sont trop bons Français pour ne pas sentir comme nous, mais éloignés de penser comme leur circonspection, tout en pensant comme leur patriotisme, nous n'avons pas craint de combattre franchement les vues politiques du ministère.

Il était bon de rappeler que, lorsque la monarchie gémissait sous le joug de conquérans avides, nos Rois répondaient aux conseils pusillanimes : « Oel ! oel ! qui oncques rien n'en-« treprint, rien n'acheva. (1) »

Il était bon de rappeler que tous les attentats, toutes les folies, tous les malheurs des trente dernières années, ont eu comme des prête-noms dont le crédit suffisait à rendre tout possible. La *liberté* sur les échafauds, et *la gloire* parmi les champs de bataille, ont exterminé la nation en détail. Gare que, pour l'achever en masse, *la résignation* ne mène les Français à l'esclavage !

Si l'on nous objectait que cette crainte est offensante pour les Hauts-Alliés, nous demanderions depuis quand le passé ne donne pas le droit de préjuger l'avenir.

Et c'est à dessein que nous nous retranchons dans le passé ; là nous aurons, outre l'appui de l'opinion publique, un auxiliaire dont il serait difficile de condamner l'assistance.

La tribune nationale a, en 1815, retenti des accens de la plus noble douleur ; le président du conseil des ministres, en présence de l'Europe alors campée dans nos murs, (2) osait,

---

(1) Charles VI.

(2) Disc. prononcé par S. Exc. M. le duc de Riche-

après avoir tracé le tableau *des évènemens qui avaient soustrait la destinée actuelle de l'état à l'action de son gouvernement*, avouer *qu'il avait été obligé de composer avec les prétentions ;* apprendre *qu'il n'avait pu méconnaître, ni balancer l'incontestable supériorité qui demandait des sacrifices pénibles ;* convenir *que la rigueur extrême aurait pu être tempérée par l'équité et la magnanimité des souverains ;* proclamer *qu'après des discussions longues et soutenues, où des demandes plus exorbitantes encore avaient été faites, les charges pesantes qui nous sont imposées, avaient été présentées comme un ultimatum;* ajouter enfin ces expressives paroles :

Voyant, d'une part, disait S. Exc., *dans les dispositions des Ministres des Puissances une détermination invariablement arrêtée, voyant, de l'autre, que la crise actuelle mettait incessamment en action, sur l'étendue de la France, le principe d'une oppression, d'un appauvrissement, d'une irritation, et enfin une suite de dévastations qui semblaient, tous*

---

lieu aux deux Chambres, le 25 novembre 1815, en présentant le Traité.

les jours, s'accroître et prendre de nouvelles forces, nous avons jugé que si nous laissions cette crise se prolonger indéfiniment, il y allait du sort de la France, du sort même de ceux qui nous ont imposé de si grands sacrifices, et peut-être de la destinée de l'ordre social en Europe.

Ainsi, d'irréprochables témoignages autorisent assez nos jugemens, et nos terreurs ne sont que trop fondées sur une expérience douloureuse.

Dès lors, pourquoi les taire? Ce qui est vrai doit toujours être utile; car Bacon a eu raison de le dire : *Nulla est tam intima quàm illa veri ac boni simpathia.*

Ce qui nous justifie encore, c'est le soin, pris d'un bout de l'Europe à l'autre, d'enchaîner toutes les langues, de *cadenasser* toutes les bouches : sans doute qu'on ressemble à cet Uvarix, qui, au gré d'un vieil auteur, *appréhendait plus la pointe et les eslancements des langues disertes des Romains, que de leurs lances et javelots.*

C'est donc une grande faute que d'avoir laissé à la liberté de la presse, cette tribune des temps modernes, les entraves qui la gênent encore. Il fallait que l'éloquence, athlète formidable, pût descendre fièrement dans la lice, et marcher, avec toutes les forces de l'opinion publique, à la conquête de la dignité nationale.

Démosthène, qui bientôt fut réduit à donner sa vie en expiation de son courageux patriotisme, Démosthène aurait sauvé son pays, si son pays avait pu l'être.

Un tel exemple doit enhardir, et ne peut point effrayer; pour avoir à redouter les mêmes périls, il faudrait inspirer les mêmes craintes, c'est-à-dire combattre avec les mêmes armes.

Si pourtant nous étions, contre toute attente, réservés à l'honneur qu'ambitionnait un jeune prince, d'avoir *des rois pour adversaires*, nous ne perdrions pas de vue le noble souvenir d'un citoyen de Rouen, envoyé au supplice par les oppresseurs de la France, pour avoir trop intrépidement défendu son Roi et sa patrie. Comme on lui offrait de se racheter de la mort, au prix d'une faiblesse : *à Dieu ne plaise*, s'écria-t-il en présentant la tête au bourreau, *à Dieu ne plaise que je voulusse empêcher un roi d'Angleterre de se déshonorer!*

FIN.

TABLE

DES CHAPITRES

CONTENUS DANS CET OUVRAGE.

Page

FIN DE LA TABLE.

A. EGRON, Imprimeur, rue des Noyers, N° 37.

www.ingramcontent.com/pod-product-compliance
Ingram Content Group UK Ltd.
Pitfield, Milton Keynes, MK11 3LW, UK
UKHW031901260826
14628UKWH00002B/909

9 782013 050050